おもしろい話(はなし)、集(あつ)めました。Ⓓ(ダイヤモンド)

宗田(そうだ) 理(おさむ)
あさばみゆき
このはなさくら
一ノ瀬三葉(いちのせみよ)
大空(おおぞら)なつき

角川つばさ文庫

目次

ぼくらシリーズ
走(はし)れ！ 安永(やすなが)

宗田(そうだ) 理(おさむ)

絵(え)／YUME(ゆめ)

キャラクターデザイン／はしもとしん

ぼくらシリーズ
走(はし)れ！安永(やすなが)
人物紹介(じんぶつしょうかい)

安永(やすなが) 宏(ひろし)
友情(ゆうじょう)に厚(あつ)い、
けんかの達人(たつじん)。
久美子(くみこ)が好(す)き!?

菊地英治(きくちえいじ)
東中(ひがしちゅう)3年(ねん)。
いたずらを
思(おも)いつく天才(てんさい)。

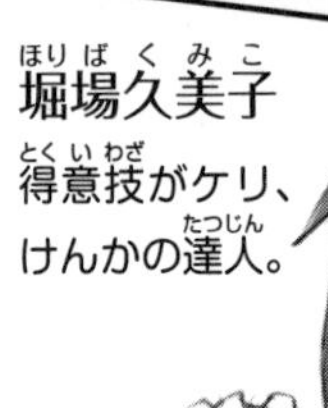

堀場久美子(ほりばくみこ)
得意技(とくいわざ)がケリ、
けんかの達人(たつじん)。

中山(なかやま)ひとみ
水泳(すいえい)は中学(ちゅうがく)で
一番(ばん)の美少女(びしょうじょ)。

日比野(ひびの) 朗(あきら)
食(た)べるの大好(だいす)き、
料理(りょうり)も得意(とくい)。

柿沼直樹(かきぬまなおき)
医院(いいん)の息子(むすこ)。
キザな性格(せいかく)。

谷本(たにもと) 聡(さとる)
数学(すうがく)と
機械発明(きかいはつめい)の
天才(てんさい)。

相原(あいはら) 徹(とおる)
英治(えいじ)の親友(しんゆう)。
両親(りょうしん)は
塾(じゅく)を経営(けいえい)。
仲間(なかま)を
まとめる
リーダー。

瀬川卓蔵(せがわたくぞう)
ぼくら最大(さいだい)の
味方(みかた)の
おじいさん。

1　おやじを茶パッに

安永の父親・征一が、急に酒を飲んで暴力をふるうようになったのは、安永が幼稚園、四歳のときだったような気がする。

それまで、征一は安永をかわいがってくれ、なんでも言うことを聞いてくれるいい父親だった。

それが、ある日とつぜん『鬼』になってしまった。

それから父親について思いだすことは、いつも家で酒を飲んでおり、少しでも口答えすると、なぐるということだ。

母親の孝子とも口論が絶えなかった。

安永は、そんな父親に対して、いつも敵意をいだいていた。

やがて小学校に入った。体は大きいほうだったが、まだ父親には、とうていかなわない。

小学四年になったとき、同じクラスの立石剛と友だちになった。立石は花火屋の息子である。

立石の父親もよく子どもをなぐる。

二人は父親をやっつける作戦を立てた。

それは、よっぱらって寝ている父親の髪を、茶パツに染めてしまうというものだった。

そして、安永は実行した。

父親は、朝起きて鏡を見ると、黒い髪が茶パツになっていて、びっくりした。

安永と孝子は、計画どおりに芝居をして、征一に言った。

「きっとお酒のせいでそんなふうになっちゃったんだよ。一晩で黒い髪が真っ白になった例があるって」

「そいつ、どうなった？」

征一の口調が急におとなしくなった。

「二週間後に死んだって」

「死んだ!?」

「あんたは茶色だから、まだいいわ。でも気をつけたほうがいいわよ。お酒はほどほどにしないと……」

「そうだなあ」

と、征一はしょんぼりと言った。

作戦は大成功だった。

そんなことがあった次の日の晩。

九時をすぎても征一は帰ってこない。

「今夜は、昨日のことがあるから、おそくはならないと思うんだけど、どうしたのかしら」

孝子が首をかしげた。

「茶パツが頭にきて、帰ってこないんじゃないかな?」

安永が言ったとき、電話が鳴った。

「あ、父ちゃんだ」

孝子は受話器を取るなり、

「父ちゃん」

と言った。しかし、次の瞬間、「え？」と言ったまま、だまってしまった。

「どうしたんだ？」

安永は、何かあったな、ととっさに思ってきいた。

「はい、下山病院ですね？　すぐ行きます」

受話器を置いた孝子は、

「父ちゃんが交通事故にあった」

と言ったまま、その場にすわりこんでしまった。

「死んだのか？」

安永は、頭の中で爆発が起きたような衝撃を受けた。

「重体だって」

——なにやってんだよ！

安永は大きいため息をついた。

「病院に行こう」

孝子は、ふらふらしながら立ちあがった。

「あの人は、いつもついていないんだよ」

病院に行くタクシーの中で、孝子はぽつりと言うと、肩で大きく息をした。

「酒ばかり飲みやがって、自業自得だ」

安永は、孝子に聞こえないよう口の中でつぶやいた。

無性に腹が立ってきた。ベッドの上の征一を見たら、なぐってしまうかもしれないと思った。

病院に着いてみると、征一は集中治療室にいた。

医師は今夜一晩が山だと言った。

「父ちゃんが死んじゃう」

孝子は、安永の腕を取って泣いた。

「死ぬなんて、だれも言ってないよ」

安永が説明しても、孝子は死ぬと決めて、パニックにおちいっている。

逆に冷静な安永を、父親が死のうってのに平気な顔をしていると責めたてる。

征一をひいた車は、そのまま逃げてしまったが、間もなくつかまるだろうと警官がやって来て言った。

征一は頭を打って意識がなく、腰から脚にかけて骨折していた。

一命をとりとめても、元どおり歩けるようにはならないだろうと医師が言った。

そうなったら、大工の仕事はできない。

どうなるのだろう？

安永は、暗たんとした気持ちになった。

その夜は、待合室で一睡もせずにすごした。

朝になって安永は学校に出かけた。

学校の近くで立石に会った。

「電話したら妹が、病院に行ったって言ってたけど、何かあったのか？」

立石が心配そうにきいた。

「おやじが交通事故にあって入院したんだ」

「そうかあ。えれえことになったたな。けがはひどいのか？」

「朝まで病院にいた。なんとか一命はとりとめたらしいけど……」

「どうなんだ？」

立石がきいた。

「退院しても、元どおり歩けるようになるかどうかわからないらしい」

2　交通事故

征一の入院は、その後一か月近くつづいた。

安永が家に帰ると、母親の孝子は浮かぬ顔をしていた。

「父ちゃんのことだろう？」

安永は、ぴんときた。

「そうなんだよ。ひき逃げ犯は見つからないんで、今までは家にあるお金でなんとかやってきたんだけれど、それも切れちゃったのさ」

「これからどうやって生活していくかだろう？」

「私の給料なんて、たかが知れてるしね」

孝子は、近所のスーパーで働いている。

「おれも働くよ」

安永は、そのことを覚悟していた。

「ばか言うんじゃないよ。おまえはまだ中学生だから働くことはできないんだよ。どこも使ってくれないよ」

「じゃ、どうするつもりなんだ？」

「おじいちゃんのところへ行こうと思ってるんだよ」

「おじいちゃん？」

安永の祖父は、安永富太郎といって金貸しの会社を経営している。

父親の征一は、大学へ行けと言う富太郎の言うことを聞かずに、大工になってしまったので、それ以来、勘当されてしまった。

孝子との結婚も知らないし、もちろん三人の子どもたちのことも知らない。

富太郎は、妻を亡くし、三十歳も年下の女性を後妻にして、二人で暮らしている。

「父ちゃんは勘当された身だけれど、こうなったからには、自分の子なんだから助けてくれると思うんだよ」

「母ちゃん、おじいちゃんに会ったことあるのか？」

「ないよ。でも向こうは金持ちだからね。頼めばお金を出してくれるだろう？」

「父ちゃん、そのこと知ってるのか？」

「知ってるよ。でも、おれは、死んでもおやじに頭は下げないって言ってる」

安永の父親はがんこだ。祖父もきっとそうにちがいない。だから、一度けんかすると、何十年も仲直りしないのだ。

「おじいちゃん、金出してくれるかな？」

安永は、孝子の言うようにうまくいきそうな気がしなかった。

「勘当した息子だから、ふつうに困ってたら出さないだろう。でも、これはふつうではないんだから。それに、おまえもいっしょなら、なんとかなりそうな気がするんだよ。だって、それ以外にどうしようもないんだから」

孝子の表情は深刻だ。安永は、行きたくないとは言えなくなった。

次の日、孝子と安永は、青山にある富太郎の家を訪れた。

東京都の一等地だというのに、りっぱな門構えで庭も広そうだ。

「この屋敷だと何億もするね」

孝子は、玄関の脇にあるインターホンを押した。しばらくして、

「どなた？」

と言う女性の声がした。

「征一の妻の孝子と息子の宏です。少しだけでけっこうですので、富太郎さんにお会いできませんでしょうか？」

孝子は、すらすらと言った。

「ちょっとお待ちください」

しばらく待たされてから、玄関のドアが開いて女性が顔を出した。

孝子と同じくらいの年格好だが、ずっと美人である。

「どうぞ」

女性は、応接間に二人を案内してくれた。

安永は、体が沈みそうな高級なソファに座ると、部屋の中を見まわした。

壁には高価そうな絵の額がかかっており、マントルピースの上には、つぼが置いてあった。

「みんな、高そうだね」

孝子が小声で言った。

「いくらくらいするんだ？」

「さあ、あの絵も、あのつぼも、何百万円もするんじゃない？」

「何百万？」

そんな高価なものが無雑作に置いてあるところを見ると、よほどの大金持ちにちがいないと思った。

しばらく待っていると、頭のはげた老人が着物姿で部屋に入ってきた。

孝子はソファから立ちあがると、

「お初にお目にかかります。征一の嫁の孝子です。これは息子の宏です」

と、頭を下げた。安永も、しかたないから頭を下げた。

「学年は？」

富太郎は、ソファにすわると、ぶっきら棒な調子できいた。

「中学二年です」

「大きいな。用件はなんだ？」

富太郎の目はするどくて射すくめられそうだ。安永はこんな目をはじめて見た。

なんとか耐えようとしたが、とうとう目をそらしてしまった。

「お金をいただきたいのです」

孝子は、富太郎の顔をまっすぐ見て言った。

「金が欲しい？」

富太郎がききかえした。

「はい。征一が交通事故で入院しました。退院しても歩くことができず、しばらくは働くことができません。ですから助けていただきたいのです」

「貯えはないのか？」

「ありません。毎日食べるだけで、せいいっぱいですから」

「人生は何が起きるかわからん。そのための貯えをしておかないのは、おろか者のすることだ」

「それは、じゅうじゅう承知しております」

「わしは金貸しだ。金はやらん、貸してやる。しかし、おまえさんには貸せん」

「なぜですか？」

孝子の表情がこわばった。

「貸しても返せぬ者に金は貸さん。これは金貸しの常識だ。おまえさん、返せる当てはあるのか？」

「ありません。でも、あの人はあなたの息子です。息子が困っているのですから、それくらいのことはしていただいてもいいと思いますけれど」

「あいつは、わしの言うことを聞かずに家を飛びだしたのだ。困ったからといって泣きついてくるなんて、とんでもない」

富太郎ははきすてるように言った。

安永は、二人のやりとりを聞いているうちに、がまんできなくなった。

「母ちゃん帰ろう。こんなじいさんにぺこぺこするなよ」

「そのとおりだ」

富太郎が言った。

「うちには、じいさんはいなかったんだ。これからもいないと思えばいいじゃんか。おれが働いてなんとかするよ」

安永は、ソファから立ちあがると、孝子の腕を取って立ちあがらせた。

「だって、あんたはまだ中学生だよ」

孝子は、なんとか安永をなだめようとして

いる。

「中学生だって働けるさ。とにかく帰ろう。話したって時間のむだだよ」

安永は応接間を飛びだした。

表に出ると、孝子が追いかけてきた。

「よくやったね。おかげで胸がすっとしたよ」

孝子がさわやかな声で言った。

「母ちゃん、おれに怒ってないの？」

安永は、あらためて孝子の顔を見た。

「怒ってなんかいるもんかい。おまえがやらなきゃ、私がやるところだったよ」

「そうかぁ」

安永は急に笑いがこみあげてきた。

安永が笑うと孝子も笑いだして、

「なんとかなるよね？」

と言った。

「なるさ」

とつぜん、胸の奥からファイトがわいてきた。

「みんなで、力を合わせてがんばろう」

孝子がこんなに力強く見えたのは、はじめてだった。


安永は教室に入って英治の顔を見たとたん、考えていたことでもないのに、急に思いついた。

「おれのじいさんから金をふんだくってくれねえか？」

安永は英治に言った。

「そういや、安永のじいさんは金持ちだって言ってたよな。どうして助けてくれねえんだ？」

英治が不思議そうな顔をした。

「相談には行ったさ」

安永は、そのときのいきさつを話した。

「まるで、おとぎ話に出てくるような欲ばりじいさんね」

純子があきれた。

「話を聞いただけで、やっつけたくなるな」

英治の目が輝いた。

「やろう、やろう。みんなでそいつをやっつけよう」

久美子が言うと、まわりのみんなも、

「やろう」

と、声をあげた。

「そのじいさん、名前はなんていうんだ？」

柿沼がきいた。

「安永富太郎だ」

「富太郎か、名前からして金持ちっぽいな。そいつはきっと妻や子どもよりも金が大切なんだ」

柿沼は、わかったような顔をしている。

「妻だったおれのおばあさんは、三年前に死んで、今は三十歳も若い女性といっしょにいる」

「病気で死んだのか？」

「ちがう、交通事故だ。じいさんはその時、ひいたやつから大金をふんだくったそうだ」

「奥さんが死んで金もうけしたの？　あきれてものも言えないわね」

ひとみが、あぜんとしている。

「死ぬまえに、おばあさんに保険をかけておいたから、そっちからも金が入ったらしい」

「金をもうけるやつって、悪運が強いんだ。おれんちのおやじなんて、正直だけが取りえだから、いつも貧乏してる」

天野が言うと相原が、

「それは、おれのおやじも一緒だ」

と言った。

「うちだって、一生懸命働いている割には金持ちにならないよ」

と、純子が言うと、

「それは、子どもが多すぎるからだ」

と、柿沼が言ったので、爆笑になった。

「そのじいさん、外出はしないのか？」

英治がきいた。

「しねえ、いつも家にいる。外に出ると金がかかるからだ」

「徹底してるね」

純子が言った。

「どこか料亭かレストランで、おいしいものを食べたいとは思わないの？」

ひとみがきいた。

「うまいものは好きだけれど、自分で金を出すのはいやなんだ」

「そうか、わかったぞ」

英治が手をたたいた。

「そいつを『玉すだれ』に招待しよう。そう言えば来るだろう」

「なんで招待されるか、理由が必要だな。じいさんは自分が得すること以外は絶対のらねえやつだから」

「金を借りたいと言えば来るだろう？　金貸しなんだから」

「それは来るけど、菊地が貸してくれって言ったって貸さねえぜ。自分の息子にだって金を出さねえんだから」

「わかってるって。そういう欲が深いのは、うまい話にはひっかかるんだ。だれか役者がいねえかな？」

英治が言うと、相原が、

「いるじゃないか。瀬川さんだよ。『永楽荘』には、それらしい役者がごろごろいるぜ」

と言った。

「瀬川さんか……。あの人ならじいさんをひっかけることができるかもしれねえ」

「なんてったって、霊能師だからな。あのときは、けっこう様になってたぜ」（まだ読んでいない人は、『ぼくらの天使ゲーム』を読んでね）

と、相原が言った。

「そうか。もう一度霊能師をやってもらって、金持ちのばあさんを紹介するってのはどうかな？」

英治が言った。

「金持ちのばあさんっていうと、はるばあちゃんか？」

天野が言った。

「あのおばあちゃんに、英語でぺらぺらっとやってもらえば、信用するかもよ。どうだ？」

英治は安永の顔を見た。

「こういう話なら、うまくいくんじゃないか？」

英治の目が光った。

「いいかもな」

安永には、まだ、確信が持てなかったので、あいまいに答えた。

「よし、じゃあ帰りに『永楽荘』に行こう」

英治は勝手に決めてしまった。

その日の帰り、安永、英治、相原、ひとみ、久美子の五人で『永楽荘』に出かけた。

瀬川の部屋に行くと、ちょうど石坂さよと南はるがいて、三人でお茶を飲んでいた。

「この間の英語の先生の頭痛は、その後どうなった？」

はるがきいた。

「あれは、霊がついていたので追いはらってやりました。そうしたら、けろりと治りました」

（まだ、読んでいない人は、『ぼくらの㋳バイト作戦』を読んでね）

久美子が言った。

「本当？」

はるがききかえした。

「本当です。あれは奇跡的に効きました」

英治が言った。

「それじゃ、私も頭が痛くなったときは治してもらおうかしら。私には霊はついていないけれど」

はるが言った。

「あの治療はやめたほうがいいです。ショックで死んじゃうかもしれません」

ひとみが言った。

「へえ、そんなにすごいの。じゃ、やめとこう」

はるは、簡単に引きさがった。

「きょう来たのは、ちょっとお願いがあるんです」

英治は、安永富太郎をやっつけるいい方法がないか、瀬川に相談した。

「そのじいさんは海千山千だから、一筋なわではいかないぞ」

瀬川は、腕組みして考えこんだ。

「私にいい考えがあるわよ」

はるが言った。

「私はもう何十年も前にロンドンにいたことがあるの。そのとき英国の青年と恋をしたの」

遠くを見る目をして言った。

「すてき！」

ひとみと久美子が手をたたいた。

「その人は貴族だったんだけれど、病気で死んじゃったのよ」

「かわいそう。じゃあ、悲しい恋だったんですね」

「そうなの。ところが彼は死ぬ前に、ぼくの形見だと言って、『天使のひとみ』というダイヤの指輪をくれたの」

「すごい！　わたしと同じ名前のダイヤ！」

と、ひとみが興奮して叫んだ。

「それは、何百年も前から、先祖代々伝わってきたもので、価値はお金には換算できないって言ってたわ」

「何百万円もするんですか？」

「そんなはした金じゃないわ」

「じゃ、おばあちゃんは大金持ちなんですね？」

久美子が言った。

「大金持ちじゃないわ。だって、それは売ることができないんだもの。安永くん、私がどうしてこんな話をしたかわかる？」

「わかりません」

安永は、慌てて首をふった。

「この指輪で、あなたのおじいちゃんをだませないかと思って……」

はるが言い終わったとたん、

「できますよ」

英治が言った。

「本当か？」

安永は、英治の顔を見た。

「その指輪で金を貸してほしいと言って、じいさんを『玉すだれ』に呼ぶんだ」

「呼んでどうするんだ？」

「それは、これから考える。よし、うまくいくぞ。まかしとけ。おまえは、これから家庭教師だろう？　行けよ」

英治は、思いきり安永の背中をたたいた。

「安永くん、家庭教師をしてるの？　大したものね」

さよが感心した。

「家庭教師といっても、教えるのは勉強じゃなくて遊びです」

「それがいいんだ。子どもは遊ばなくちゃ」

安永は、みんなを置いて『永楽荘』をあとにした。

家庭教師として、『遊び』を教えているマー坊の家に行く途中で、安永は電話した。

「もしもし安永です」

と言ったとたん、

『遅刻だぞ』

と、マー坊の声がした。

「マー坊か？　帰るのがおくれて、いまから行く」

『そんなの理由にならないよ』

マー坊は大声で言うと電話を切ってしまった。


安永は、つぎの日もマー坊につき合い、くたくたになって家に帰った。

電話が鳴ったので出てみると、英治からだった。

「みんなで話していて、おもしろいこと思いついたぞ」

声がはずんでいる。

「聞かせてくれ。その前に言っとくけど、あのマー坊ってガキはハンパじゃねえぜ」

「そうだろう、そうだろう」

英治は同情するどころか、満足そうだ。

「おれの想像をはるかに超えている。悪賢さにかけては大人以上だ。五歳だと思ったら大まちがいだ」

「そうか。ギブアップか？」

「とんでもない。おれは気に入っている。つぎに会うのが楽しみだ」

「よかった。おまえがもうやめたと言うかと思って、冷や冷やしてたんだ。いまだから言うけど、いままでに二回つづいた家庭教師はいないらしい」

それを聞いて、安永は愉快になってきた。

「じゃあ、本題に入ろう。こういう計画だ。まずあの指輪『天使のひとみ』で金を借りたいとじいさんに申してる」

「だれが言うんだ？　はるばあちゃんか？」

「そうじゃない。言うのは瀬川さんだ。私の知り合いですばらしいダイヤの指輪を持っているおばあさんがいるのだが、それを担保にお金を都合してほしいとか言って」

「瀬川さんなら、じいさんと渡りあっても、うまくやってくれるだろう」

安永は、瀬川さんならだいじょうぶだと思った。

「そして、ひとみの『玉すだれ』で、はるばあちゃんと会わせるんだ」

「いいだろう。料亭にまねかれて、ただでごちそうが食べられると言われたら、やって来るだろう」

「そこで、はるばあちゃんは、『天使のひとみ』を見せて、これでお金を借りられないかと言う」

「いいだろう」

そのとき、安永はひらめいた。

「マー坊をつれて行かねえか。あいつだったら、おれたちの考えてもいないことをやるかもしれねえぜ」

「それはグッドアイディアだ。マー坊は使える。これはおもしろいことになってきたぞ」

英治がすっかりのってきた。

「あのじいさん、子どもとねこは嫌いなんだ」

「そうか。いいこと聞いちゃったぞ。それじゃ、マー坊にミミをつれて行かせるか？」

「そいつは、とうがらしと、こしょうを一緒にぶっかけたくらい効くぜ」

「よし、そこでジャブをたたきこんでから、つぎは強烈なアッパーだ」

「何をするんだ？」

「霊だよ」

「霊？」

「久美子があらわれて、じいさんに前の奥さんの霊がついていると言う」

「あのじいさん、神も仏も信じてねえんだから、霊なんて信じねえぜ」

霊はうまくいきそうもないと安永は思った。

「だいじょうぶ。絶対ひっかけてみせるから。これはだいたいの筋書きだ。本番ではアドリブでやるから、どうなるかわかんない」

「とにかく、じいさんをボコボコにしてくれよ」

「それはまかせてくれ。いまから『永楽荘』に来いよ。打ちあわせをしたいんだ」

英治は、自信たっぷりに言うと、電話を切った。

あのじいさんにひと泡吹かせてやれると思うと、安永は自然ににやにやしてきた。

安永は、『永楽荘』に行ってくると言って家を出た。

だれかにいたずらを仕かけようと声をかけると、すぐにのってくる連中だ。

いったい、だれが集まっているのだろう？

安永が、『永楽荘』の瀬川の部屋に行くと、そこには、英治、相原、久美子、ひとみ、柿沼、谷本、立石、天野の八人がいた。

せまい部屋は人であふれている。

もちろん、瀬川、さよ、はるがいるのは当然である。

「いよいよ主役がやって来たから始めよう」

瀬川はそう言って、はるの手から小さな古い箱を受けとって開けると、中から指輪を取りだした。

「これが『天使のひとみ』？　さわらせて」

ひとみが、最初に指輪を手にした。

「おんなじひとみでも、だいぶ違うな」

英治が言わなくてもいいことを言うので、ひとみがにらんだ。

この二人、こうやって、いつも口げんかをしている。仲が良すぎるのだ。

指輪は、つぎからつぎへと手わたされた。

みんな、感嘆の声をあげている。

安永は、高価なダイヤというものを初めて見たが、この輝きはすばらしい。

「こいつは、みんなにはブタに真珠だろうが、すばらしいものだぜ」

柿沼が言った。

こいつは、キザっぽいくせに憎めない。

「この指輪でお金を借りたいと、わしがうまいことを言って、安永のじいさんを『玉すだれ』に引っぱりだす」

瀬川が言った。

「おじいちゃんならだいじょうぶよ。霊能師になって、ヤクザをきりきり舞いさせたんだから」

久美子が言った。

「わしは、こう言うつもりなんだ。だれに金を融資してもらうか占ったところ、あんたがもっとも信頼できるという結果が出た。なんといっ

ても、この指輪は英国の国宝にも値するような代物だから、めったな人には渡せない」

安永は思わず手をたたいた。

「そう言えば、あのじいさんはきっと食いつく」

「金はいくら欲しいと言うだろうから、まずは見るだけ見て欲しいと、『玉すだれ』につれて来る」

「そこで、『天使のひとみ』を見せるの？」

ひとみが言った。

「指輪を見せてこう言うのよ。この指輪は、『天使のひとみ』というとおり、人の心を見透すことができる。この指輪を持つ人を気に入れば、その人は幸せになれるし、気に入らなければ、その人は不幸になる」

はるが言うと、本当にそんな気がしてくる。

「それ、本当？」

「宝石というものは、もともとそういう不思議な力を持っているものなのよ。だから、うそとは言えないわね」

はるの言葉には説得力がある。みんな、なんとなくそんな気になって、あらためて箱におさめられた指輪をのぞきこんだ。

「そう言えば、じいさんはきっと、わしはどうかな？　と言うにちがいない」

瀬川が言った。

安永は、きっとそうなると思ってうなずいた。

「そこで、では神さまに見てもらおうと言うんだ」

英治が言った。

「神さま？」

安永がききかえした。

「久美子だよ」

「久美子に、そんなことできるのか？」

安永は、思わず久美子の顔を見た。

「知らないのは安永だけさ。こう見えても、信者はいっぱいいるんだ」

英治の言うことを、そのまま信じることはできない。

「本当か？」と、相原にきいてみると、「本当だ」と、相原が真顔で答えた。

「まあ、そのあとのことは、わたしにまかせて」

久美子が言った。

「それはいいけど、最後はどうなるんだ」

「それはヒ、ミ、ツ」

久美子は、意味ありげな微笑を見せた。

3　あっという間の三年

翌朝、安永が教室に入ると、みんなが、わっとまわりに集まってきて、「おれも連れていってくれ」と、口々に言った。

「いったい何のことだ？」

安永は、そばでにやにやしている英治にきいた。

「いよいよ明日の夜に決まったんだ」

「瀬川さんがやったのか？」

「そうさ。瀬川さんやるだろう」

英治は、まるで自分がやったみたいな顔をしている。

「おれは、ああは言っても、あのがんこじいさんを口説くのは、もしかしたら、難しいんじゃないかと思ってたんだ。見直したぜ」

安永は、あらためて瀬川を尊敬した。

「隣の部屋で見るんだから、せいぜい十人ね。だから抽選することにしたのよ」

ひとみが言った。

「隣の部屋からどうやって見るんだ？」

安永がきいた。

「まさか、ふすまのすき間からのぞくわけにもいかないから、かくしカメラさ」

英治が言った。

「谷本がセットしてくれる」

相原がつづけた。

「もう十人は決めたぜ。おれ、相原、柿沼、純子、佐織、天野、日比野、谷本、立石、中尾だ」

「おれは？」

安永が心配になってきいた。

「おまえは別格さ。ひとみと純子は料理を運ぶ役だ」

「ちょっと、いたずらしてやるんだ」

純子が言った。

「じいさんがお刺身をかんだとたん、痛いって言うのよ。どう？　このアイディア」

「すげえこと考えるな。刺身が痛いと言ったら、驚くぜ」

安永は、思わず笑ってしまった。

「純子が言ったんじゃ驚かないから、おぜんの下に小型のスピーカーをはりつけておくんだ。スイッチは、隣の部屋からリモコンで入れる」

谷本が言った。

「じいさんだから、トイレに行くだろう。そうすると電気がすっと消えて、自分の心臓の音が聞こえてくる。それは、少しずつ速くなってくる。これは、おれのアイディアだ」

柿沼が言った。

「さすがは医者の卵だ。考えることがちがうな。そいつも効くぜ」

「それは序の口、ショーはこれからが本番です。今夜は心ゆくまでお楽しみください」

天野が、サーカスの口上みたいに言った。

この連中、なんでも楽しいものにしてしまうマジシャンだ。

安永には、とてもこんなまねはできないので、感心するばかりだ。

「安永、悪ガキの家庭教師のほうはどうだ？」

天野がきいた。

「こっちは、建築現場の仕事よりきついぜ。やつは今までに見たことのない新人類だ」

「そうか。ちょっと話してみたいな」

「話してみろ。小さな子だと思ってなめてかかったら、ひでえ目にあうぜ」

「安永がそこまで言うなら相当なもんだ。明日の夜は楽しみだぜ」

英治が言うと、みんなの顔が期待で輝くのが安永にもわかった。


その日、学校が終わると、ひとみにつづいて、安永、英治、相原、柿沼、天野、立石、谷本、日比野、中尾、久美子、純子、佐織が『玉すだれ』に向かった。

『玉すだれ』に着いてみると、すでに瀬川、さよ、はる、それにマー坊が来ていた。

「ご苦労さまです」

安永は、三人に向かって礼を言った。

「とんでもない。わしらは今日が楽しみで、ゆうべはろくに眠れなかった」

瀬川が興奮した口調で言うと、マー坊が、「ぼくもそうだよ」と、大きいあくびをした。

「おまえさんとこのじいさんがやって来るのが午後五時だ。まだ一時間ある」

瀬川は、時計を見ながら言った。

「まだ一時間もあるの？　待ちくたびれたよ」

マー坊がほっぺたをふくらませた。

とたんに、「ぶー」っと、おならをした。

「失礼」

と言ったかと思うと、たてつづけに、大きいおならをした。

「失礼よ。部屋の外でしなさい」

はるがたしなめると、マー坊は、ポケットから、穴のあいたゴムボールみたいなものを取りだして、みんなに見せた。

「ほら、これを押すと、空気が抜けるとき、おならみたいな音を出すんだ」

マー坊は、そう言いながらゴムボールをにぎる。

すると、「ぶー」という派手な音がした。

「よくできてるおもちゃね」

はるは、感心して、ボールを押した。

「ぶー」というかすれた音がした。

「これをじいさんの前でやるんだ。怒るかな？」

マー坊が安永の顔を見て言った。

「それは怒るだろう。気が短いから」

「よし、怒らせればこっちのもんだ」

マー坊は、「ぶーぶー」言わせながら、部屋の中を歩きまわっている。

安永は、そのとき富太郎がどんな反応をするか、想像すると唇がゆるんできた。

ウェディング・ドレスみたいな、白い服を着た久美子がひとみと部屋に入ってきた。

「どう？　神さまに見える？」

久美子は、安永にきいた。

「神さまというより花嫁ね。かわいいわ」

はるが目を細めて言った。

「かわいいんじゃまずいんです。神秘的でなくっちゃ」

久美子が言った。

「それじゃ、ヴェールで顔をかくしたほうがいいわ」

はるに言われて、久美子は顔の前にヴェールをたらした。

「それで十分だ」

瀬川は満足しているようだったが、安永には、とても神さまには見えない。

やっぱり、久美子は久美子だ。

「今夜はうちでいちばん豪華な『鷺の間』を用意したからね」

ひとみが言った。

「サギの間はいいな。じいさんにぴったりだぜ」

安永は、思わず笑ってしまった。

午後五時五分前に、安永は『鷺の間』の隣の部屋に入っていった。

そこには英治たちがおり、部屋の正面のテレビに『鷺の間』の様子が映っている。

玄関のほうで、ひとみの、

「いらっしゃいませ。お待ちしておりました」

と言う声が聞こえた。

さすが料亭の娘だけあって、言い方が様になっている。

『鷺の間』には、瀬川とさよ、はるが待っている。

そこに、着物姿の富太郎が入ってきた。

「わざわざご足労をかけて申し訳ありません」

瀬川はていねいにあいさつすると、さよとはるを紹介した。

「安永富太郎です」

富太郎は無愛想に言っただけで、頭は下げない。

純子がお盆に湯飲み茶わんをのせて入ってきた。

着物を着た純子をはじめて見たが、見ちがえるようにかわいい。

純子が、富太郎にお茶を差しだそうとしたとき、いきなりマー坊が部屋にとびこんで来た。

「お姉ちゃん」

マー坊が、純子にうしろから抱きついたので、富太郎のひざにお茶がこぼれた。

「熱い！」

富太郎が悲鳴を上げた。富太郎の顔がみるみる赤くなる。

「申し訳ありません」

純子はハンカチを出して、富太郎のひざをふいた。

「無礼者！」

富太郎は、マー坊をにらみつけてどなった。

すると、それを待っていたように、マー坊が「ぶー」とやった。

「あやまりなさい」

はるが言うと、マー坊はまた、「ぶー」とやって、

「ぼくのおならは臭くないよ」

と、にやにやしながら言った。

「いったい、どういうことだ？」

富太郎は、怒りのためか、声がふるえている。

「わかりません。おーい、だれか来てくれ」

瀬川が大声で言うと、ふすまが開いて、ひとみが入ってきた。

「あら、マー坊、またおいたをしたの？」

とぼけた声できく。

「おいたとはなんだ？」

瀬川がきいた。

「この子、自分の気に入るお客さまが見えると、すぐふざけるんです。あの、これ好意のしるしなんです」

「この子は、あんたの子か？」

富太郎がきいた。

「はい」

ひとみが、しらじらしい顔でうなずく。

「もっと、ちゃんとしつけなくてはだめだ」

「はい、申し訳ございません。マー坊、ごめんなさいと言いなさい」

ひとみが言うと、マー坊は素直に、

「ごめんなさい」

と、頭を下げた。

「あっちへ行ってなさい。来てはだめよ」

「はーい」

マー坊が、ふすまを閉めて部屋から出ていったかと思うと、また、ふすまが開いた。

「じいさん、おまえはもうすぐ死ぬ。顔にそう書いてある」

マー坊は、それだけ言うと、ふたたびふすまを閉めてしまった。

「失礼なことをお聞かせして申し訳ございません。あの子はときどき予言を言うのです」

「当たるのか？」

瀬川がきいた。

「不思議なことに、ときどき当たるのです。でも、お客さまは気になさらないでください」

富太郎はいやな顔をした。

「気にするなと言われても気になる」

「それでしたら、神さまにきいたほうがいいです」

「神さま？」

富太郎がききかえした。

「はい、わたしくらいの若い子ですが、とてもよく当たるのです」

「どこに住んでいるのだ？」

「幸い、今日はうちに来ています」

ひとみは、よどみない。

「会わせてくれるか？」

「いいですよ」

「ではたのむ。その前に、トイレに行きたくなった」

富太郎が腰を上げた。

「では、わたしがご案内します」

ひとみはそう言うと、富太郎をつれて部屋を出ていった。

「トイレに行ったら驚くぞ。自分の心臓の音が聞こえるんだからな」

純子が隣の部屋のふすまをあけると、テレビを見ながら英治が言った。

部屋には、白いドレスを着た久美子が入ってきた。

顔はヴェールがかかっていて見えないが、安永たちのいる部屋に向かってVサインをした。


富太郎はよろめくようにして部屋にもどってくると、着物のたもとから薬の袋を出して、薬を一じょう口の中へ入れた。

「それは、ニトログリセリンですか？」

瀬川がきいた。

「そうだ。トイレに行ったら、気分が悪くなった」

「あら、どうしたんですか？」

さよがきいた。

「心臓の音が聞こえたのだ。それも、だんだん速くなって……。そうしたら気分が悪くなった」

富太郎は、大きいため息をついた。

「気のせいですよ。心臓の音なんて聞こえるわけがないでしょう」

「あれが気のせいだとしたら、わしはおかしくなったかな？」

「そんなに気になるなら、神さまに見ていただいたらいかがですか？」

さよが言った。

「そうか、あんたが神さまか？」

富太郎は、久美子にはじめて気がついたみたいに、まじまじと見つめた。

「そんなにじろじろ見ては失礼です。頭を下げて悩みごとをおききなさい」

さよに言われて、富太郎は頭を下げた。

「わしは、もうすぐ死ぬのか？」

力のない声で、ぼそぼそと言った。

「ほうっておけば死ぬよ」

「どうすればいい？」

「あんたは、死んだ奥さんを、ほったらかしにしている。供養したことがあるかい？」

久美子は、どうどうと神さまを演じている。

「まるで本物みてえだな」

安永は、すっかり感心してしまった。

「あんたは、どうして死んだ家内のことを知っているのだ？」

富太郎が疑わしそうに聞いた。

「あんたのうしろに見えるよ」

「ええっ」

富太郎は、うしろをふり向いた。

「わしには何も見えん」

「あんたには見えなくてもわたしには見える。あんたの奥さんは交通事故で死んだ」

「そうだ。そのとおりだ」

富太郎は、すっかり久美子のペースにのせられた。

「そのとき、たくさんお金が入ったろう？」

「あれは保険金だ」

「そんなにお金が入ったのに、供養を全然していない。だから奥さんが恨んでいるんだよ。このまま何もしなかったら、あんたの命は、あと三か月だね」

「三か月？　わしはまだ死にたくない」

「死にたくなかったら供養しな」

「何をすればいいのだ？」

「わたしのところに供養料を持ってくるんだね。そうしたら、わたしが亡くなった奥さんの供養をしてあげる」

「供養料はいくらだ？」

「お金はいくらでもいいよ。ただし、けちな心を持ってはだめ」

「五千円でどうだ？」

「そんなはした金じゃ、かえって死期を早めるだけだね」

「それじゃ一万円」

「だめ。その十倍は出さなくちゃ」

「十万円？」

富太郎の声が変わった。

「いやならやめるんだね、十万円が命より大切だと思うなら死ねばいい。それでは、わたしは帰るよ」

久美子は、それだけ言うと、どうどうと部屋を出ていった。

「やるなあ」

安永は、久美子を見直した。


作戦は見事に成功した。

それ以来、富太郎は久美子のところへ毎月十万円の供養料を届けるようになった。

久美子は、それを安永の母親にわたし、亡くなった奥さんの供養をした。

おかげで、安永は前ほどアルバイトをしなくてもすむようになった。

しかし、高校へ進学することはあきらめた。そのことを真っ先に瀬川に話すと、

「みんなが高校に行くのに、きみだけ行かないのは辛いことだと思う。きみの気持ちは、わしにはよくわかる」

瀬川は、安永の肩に手を置いた。

「おれは、高校に行かないと自分で決めたんです。だから、そのことでがたがたしません。ただ、これで一人ぼっちになるかと思うと、ちょっときついです。でも、しかたないか……」

「安永、自分から身を引いてはいかん。あの連中は、けっしてきみを見捨てたりはしない。きみがいなくては、あの仲間は成りたたないのだ。きみは彼らにとって必要な人間だ。だから、きっときみを誘いにくる。そのとき、卑屈になるな。どうどうとふるまうんだ」

「わかりました。それを聞いて、ふっ切れました」

安永は、それまで暗かった目の前が明るく輝いて見えた。

「人間の一生にはいろいろなことが起きる。いま幸せであっても、明日どんな不幸なことが起きるかもしれん。そういう試練を一つずつ克服してたくましい人間になるのだ。どんなことがあっても、ネバー・ギブアップだ」

瀬川が、こんなに熱っぽく話してくれたのは初めてだ。

安永は、胸の奥から熱いかたまりが突きあげてきた。

三年になって、修学旅行、学園祭など、どれも楽しかった。

しかし、いちばん思い出に残るのは、相原と取っくみあいのけんかをしたことだった。

あのけんかは、安永がふっかけたのだ。

「おまえたちはいいよな、いい子ちゃんで卒業しろよ。それが身のためってもんだ」

安永がそう言ったとたん、相原が怒りだした。

相原があんなに怒るのを安永は初めて見た。

それから、取っくみあいのけんかがはじまり、それを天野が実況放送しはじめた。

その実況放送を聞いていると、ばかばかしくなって、どちらからともなくけんかを止めてしまった。

「しかし、おまえよくやるぜ」

安永が言うと相原が、

「おまえだって」

と言って、がっちりと手をにぎりあった。

そのとき安永は、相原の友情を痛いほど感じた。

そうか、だから、こいつは怒ったのだ。

こいつとは、一生つき合える。

まわりのやつだって、みんなやさしい目で見ている。

——ちくしょう。
安永は、こみあげる涙を、吹きでる汗のようにごまかして、顔を手でこすった。
卒業式は、笑いと感動にあふれたものになった。
これもみんなの演出だった。
こんな卒業式は、もう二度と行われないだろうと下級生がうらやましそうに言った。
「できるさ。いたずらをやりとげる勇気があれば」
安永は、そう言ってやった。

三月二十一日、死んださよの墓参りを終えて、いつもの河川敷に集まった。
その数は二十人をこえていた。
相原が、死んだ真田先生の日記帳に書いてあった詩を朗読した。
「友よ　たとえ何も見えなくても
それでも　歩きつづけよう。
いつか何かが見えてくるまで」
天野が立ちあがって言った。

「つらいこともありました。
楽しいこともありました。
あっという間に三年すぎて、
すてきな仲間になりました」
そうだ、これは天野が作ったのだ。
みんなで声をそろえて歌った。
歌声は、春の風にのって、きらきら輝く川面を流れていく。
「みんなに、どんな未来が待ってるのかな?」
西脇先生が、空を見あげて言った。

いみちぇん!
意味チェンジ!
年の差コンビの大問題
あさばみゆき
絵/市井あさ

人物紹介

書道がシュミの
地味系ガール。
ミコトバヅカイの
ご当主さま。

矢神 匠

モモのパートナー。
主さまをお守りする
文房師！
学年一モテる。

もうひとりのミコトバヅカイ。
パートナーはハジメ。

匠のお兄さん。
筆作りが得意。

1 待ちに待った再会

高速道路をすべる車の中は、さっきからシンとしてる。

べつにケンカしてるわけじゃない。

おしゃべりが苦手だから、一緒にいる相手と何を話したらいいか分かんないだけ。

ボクは瀬川類。

さっきサービスエリアで「あのコ、美少年ね！」なんて男にまちがわれたけど、れっきとした小六の女子！

サイドミラーに映るそっけない自分の顔から目をはずし、となりの運転席を見る。

ハンドルをにぎってるのは、矢神ハジメ。

オトナらしい骨ばった手の甲。照りつける夏の西陽に、少し細めた切れ長の瞳。

九歳年上の彼とボクは、べつに友達ってわけじゃない。

ボクはミコトバヅカイという、悪からヒトを守る先祖代々のお役目をやっていて、ハジメはボクのパートナーの文房師なんだ。

ボクが見てることに気づいたハジメは、ちらっとこっちを見て笑顔をつくった。

「類くん、疲れちゃった？」

「ぜんぜん」

スナオじゃない返事をするボクに、彼はサイドボードのアメを手にのせてくれる。

……こうやってハジメがすぐ子どもあつかいしてくるのが、最近のちょっとしたナヤミ。

「疲れたときは甘いもの。もうちょっとのガマンだよ。早く二人に会いたいね」

ボクは見覚えのある景色をながめ、食べる気になれないアメをそのままポケットにつっこんだ。


「匠。これ、里からのさしいれだよ」

玄関に出てきた匠に段ボール箱を押しつけ、ボクはズカズカと中に入っていく。

目をまん丸にした彼は、ボクと、大量のおみやげと、それから後ろからやってきたハジメの姿へ順番に視線を移し、ますます目を大きくする。

「類、ハジメ兄。来るなら前もって連絡いれてくれ」

匠は盛大なため息をついてから、こっちをふり向いた。

「まぁでも、ひさしぶりに会えたな。類」

「そうだね」

匠がボクに向けてきた笑顔は、ハジメの顔立ちとよく似てる。

そう、この二人って兄弟なんだ。そしてどちらも里きってのエース文房師。

ちなみに匠が仕えてる「主さま」、つまりミコトバヅカイは――――、
ボクは部屋を横切って、ガラッとベランダの戸を開ける。

すぐ向かいに見える、一軒家の二階窓。ピンクの小花がらのカーテンは閉められてるけど、この窓のカギ、いつも開けられたままなのを、ボクは知ってる。

ボクはひょいっとベランダの柵に足をかけ、その窓を勝手に開けて入りこむ。

「おい、類！」

うしろで匠があわてた声をだす。

カーテンのむこうには小さな学習づくえ。ずらりと並んだ書道の道具、文房四宝。

いきなり侵入してきたボクに、つくえの前に座ってた女子は凍りつき、ぱちくり目をまたたく。

うす茶色の長い髪が、夕方の風にふわりとたなびいた。

きょとんとした瞳はボクを映し、みるみる輝いて、まぶしいような光を放つ。

「モモ、ひさしぶり」

彼女を見たとたん、なんだかすごくホッとして、心から笑みがにじんできた。

「類くんっ！」

直毘モモ。匠のパートナーのミコトバヅカイにして、ボクの初めての友達。

彼女は全開の笑顔でボクを迎えてくれた。


「そういえば、ウチ静かだね。親は？」

会えなかった間の報告を終えたところで、ボクはふと気がついた。

いつも書道教室でにぎやかな直毘家が、やけに静かだ。

「今日、急に仕事の出張が入っちゃったんだって。二人とも明日まで帰ってこないの」

「じゃあ夜も一人？」

「……うん。わたし、一晩ひとりって初めてだから、ソワソワしちゃって。だから類くんが来てくれて、すっごくうれしい。神サマが呼んでくれたのかと思っちゃった」

ふうん、と言いながら、ボクはモモのつくえに目をやる。

書きかけの半紙は**「元気」**っていう字。

ゆかに敷いた新聞紙の上には、**「心の平和」「自立」「大丈夫」**の作品群。

……………思わず半目になった。大丈夫じゃないように見えるんだけど。

「さびしいなら匠を呼べばいいのに」

言ったとたんに、モモがイスから落っこちそうなほどノケゾった。

「まさか！　用事もないのに、矢神くんにそんなメーワクかけられないよっ」

「え、モモと匠、まだ進展してないの？」

「なっ、えっ、し、進展!?　そんなのぜんぜんっ!!」

モモの顔が、首から頭のてっぺんまで真っ赤に染まっていく。

なんだ。まだくっついてないの？

まわりから見たら、この二人のキモチなんてバレバレなのにな。

ボクは立ち上がり、モモの手を引っぱって窓をガラッと開ける。

と、やっぱりベランダにはおもしろがってるハジメと、逆に心配げな匠がいた。

「類。断りもなくいきなり部屋に上がるなんて、モモの迷惑考えろ」

「モモは喜んでたよ。匠だってヘンに遠慮しなきゃいいのに。それより、今からそっちにモモ連れてくから。モモのウチ、今夜みんな留守なんだって」

あわあわするモモを強引に匠の部屋まで連れて行くと、ハジメは大喜びで麦茶をいれてくれて、ついでにその手で、ボクの頭をぽんとなでた。

「やっぱり類くんは優しいコだよねぇ」

また子どもあつかい！

ボクはムッとして、手のひらをぱしっと払い落とす。

ハジメって、ボクを三人目の「弟」とでも思ってるんじゃないの？

じとっとニラむと、ハジメは片眉を上げて、またイタズラっぽく笑ってみせた。

2 夜ふかしゲーム大会

「あっ、匠、お兄サマを抜かしやがったな！　待てコラ！」

「ハジメ兄って本物の車の運転はウマいのに、レースゲームはヘタだよな」

負けずギライの矢神兄弟は、テレビゲームに白熱中。

ハジメ、荷物がやたら多いと思ったら、里からゲームをつめこんできたらしい。

ボクとモモも参加してるけど、モモは逆走してコースを見失ってるし、ボクはそもそも競争する気がない。

一位の匠の車が後ろからせまってきた。

さすがに周回遅れはシャクにさわるから、アイテム投げてジャマしてやろっと。

狙いどおり、匠の車は見事にスリップして吹っ飛んでいく。

「わああっ、矢神くんっ!?　こっち来ないでぇっ！」

「すまん、モモ！」

匠はモモの車まで巻きこんで、二台いっしょにコース外の海に落っこちた。

そのすきに、ハジメがゴールにすべりこむ。

「ゴール～！　類くんとおれコンビの勝利だな！」

「コンビ戦だなんて聞いてないぞ」

ぶすっとする匠と、鳴りひびく勝利のＢＧＭ。

ハジメにガシッと握手されて、思わずボクもくちびるが持ちあがる。

「どうだ匠。くやしかったら、次こそおれたちのキズナを超えてみせるんだな」

悪の親玉調に言いながら、ハジメがテーブルに大きな箱をでんっとのせた。

「「「人生すごろく？」」」

ボクたち三人の声が重なる。

ハジメはテーブルいっぱいにボードゲームを広げながら、そうそう、とうなずいた。

「サイコロをふってマス目を進んで、学校行ったり就職や結婚したりしながらお金をかせぐボードゲームだよ。キミたちワカモノに、人生の厳しさを教えてやろう！」

「ワカモノって、ハジメさんも若いじゃないですか」

モモのつっこみに、ハジメは「そりゃ十代前半にくらべればさぁ」と肩をすくめながら、ボクらに色ちがいのコマを配る。

「じゃ、矢神家夏のゲーム大会、第二ラウンド、始めますか！」

サイコロをまんなかに置くハジメに、ボクら三人は顔を見合わせた。


こういうの初めてやったけど、プレイヤーの性格が出るんだな。

匠はしっかり堅実な道を進んでいくタイプだし、ボクはべつに貯金とか結婚とかどうでもいいけど、とりあえず淡々と進んでる。

おもしろいのはモモとハジメだ。

ボクはほおづえをついて、借金を抱えながらもトップを走るハジメのコマと、びりっけつのモモのコマを眺める。

モモは危ない橋を渡るか迷ううちにチャンスを逃し、ハジメのほうはわざとキケンな賭けにツッコんでいくから、二人してヒドいことになってるよ。

「あ。おれ、ランクアップだ。ついでにラッキーマス踏んだ」

工芸職人になってる匠は給料が上がったうえに、一気に十マスもコマを進める。

「矢神くんって、やっぱりゲームでも職人さんなんだね」

「やっぱ選ぶとなると好きなほうになるよな。将来も実際、文房四宝の職人をやっていくつもりだし」

「……そうなんだ。すごいなぁ……。もうしっかり将来のコト決めてるんだね」

モモは目を大きくして、しみじみと、どこかさびしそうに匠を見つめる。

「あ、あの、矢神くんならすっごい活躍できるよ！　わたし矢神くんの四宝、大好き！」

我に返ったようにあわてて言うモモに、匠は小さく笑って「ありがとう」と返す。

その二人のようすがほほえましくて、ボクも自然と笑みがこぼれる。

「類くんは将来どうするの？」

「ボク？」

モモに話をふられて、飲みかけのコップをテーブルに置いた。

「山梨かな。お父さんの神社とお母さんの旅館、どっちもツブすわけにいかないから」

「そっかぁ。わたしも一人っ子だし、書道の流派は残していきたいもんなぁ……」

「じゃあ、モモは書道教室やって、匠は四宝工房を作ればいいよ。結婚して、いっしょに」

「け、けけけけっ!?」

モモはふだんゼッタイ出さないような大きな声で、言葉にならない悲鳴をあげる。

匠は匠で、かじりかけてたエクレアのカスタードをぼたっと落っことした。

二人とも、ゆだったみたいに真っ赤だ。

……ホント、はやくつきあっちゃえばいいのに。

ハジメがコマを進めながら、まぁまぁとなだめるように言う。

「みんな考える時間はまだ山ほどあるんだから、ゆっくり考えなよ」

「ハジメはどうすんの？　お役目ぜんぶ片づいたら」

なんとなく聞いてみたら、ハジメは意外にも口ごもる。

ボクが首をかしげると、彼はすぐにいつもの「ヨユーのオトナ」の表情にもどった。

「おれは里から出ないだろうなぁ。長老がさ、父さん飛びこして、おれを次の長にするつもりらしくてね。ホントは筆職人一本で自由にやれたら気楽なんだけどな」

「……………そう」

山梨と、三重のミコトバの里、か。

遠いな。すぐ会いに行けるキョリじゃない。

モモと匠みたいに、お役目以外でもおたがいを大事に想いあってるコンビなら、暮らす場所がちがっても、また会えるだろうけど。

ハジメとボクは……友達でもない、ただの「お役目のコンビ」。

ってことは、ぜんぶ終わったら、やっぱり今までみたいには会わなくなるよね。

お役目がなきゃ、遠いトコをわざわざ会う理由なんてないんだし。

そりゃそうだとナットクしたはずなのに、なぜか胸がきゅっとした。

なんだ、コレ。ボクはシャツの胸もとを押さえる。

「あともう少しでゴールだ！　一気に進んでやるぞ〜！」

ハジメの陽気な声。

ボードを見たら、彼のコマはもうゴール目前。残り十マスもない。

「えっ、もうそんなトコ？」

「主さま相手でも、手かげんなんてしません！」

ボードに転がるサイコロを見守りながら、ボクはまたぼんやりしてしまう。

さっきあんな話の流れで胸が痛くなったなんて、まるでボク、ハジメと会わなくなるのがイヤみたいじゃないか。

無邪気にコマを進めるハジメを見つめていて、だんだん自分の気持ちが砂絵をふるうように浮きだしてきた。

ボク……さびしいのかな。お役目が終わったら、ハジメと離れるのが。

彼のほうは、そんなのなんとも思ってないのに？

ハジメはゴールの四マス前でコマを止めて、マス目の文字を読む。

「なになに、え～っと……」

コマの下には、真っ赤な大きな文字で「**ゲームオーバー**」って書いてある。

ハジメはニマニマした顔のまま、凍りついた。

「ウソだろ!?　おれ、ココで脱落!?」

「……そうみたい……ですね」

「ほらみろハジメ兄。好き勝手やってるから、天罰だ」

申しわけなさそうに言うモモに対して、匠はひややかな声。ホントそのとおりだ。

ハジメはガクッと首をうなだれる。

「くそ〜、ゴール目前だったのに。主さま、後はよろしく頼んだよ」

いきなり肩にふれられて、ボクはおかしなくらいドキッとしてしまった。

あわててギュッとくちびるを引き結ぶ。

「知らない。ハジメはハジメ、ボクはボクだよ」

「そんな、おれたち唯一無二のパートナーじゃないか」

おおげさに悲しんでみせるハジメに、ボクは無性にいらっとして、コップをテーブルに置いた。

「べつに、そんなことないよ」

部屋に響いたトゲのある言葉が、自分の口から出たんだって——、みんなの視線がボクに集まるまで気がつかなかった。

「いつか離ればなれになるんだしさ。唯一無二なんて、おおげさなモノじゃないよ」

匠とモモが顔を見合わせる。

ハジメが眉をひそめて、ボクの目をのぞきこんでくる。

「類くん。おれにとって類くんは、たった一人の、大事な主さまだよ」

「そう。長老からボクと組めって頼まれたんだから、しかたなくね」

お役目が終わって会わなくなったら、ハジメはきっとボクのことなんてすぐ忘れる。

「主さま」じゃないボクなんて、ハジメに必要とされること、何もないんだから。

「ハジメって、さっきからクジ運悪いけど、それ、ゲームにかぎったことじゃないみたいだ。ボクみたいな面倒なのと組まされてタイヘンだろ」

ハジメが、とうとう手にしてたサイコロをテーブルに置いた。

「類くん」

いつもの軽い口調とちがう、静かな、低い声。

どきりとしてボクは体をこわばらせる。

――と、その瞬間。ぞくっと背すじに冷たいものが走った。

ボクだけじゃない。全員が緊張した目になって周囲を見回す。

ぺたっと、テーブルの下から濡れたような重たい音。

視界のスミで匠がモモの腕を引いたと同時、ボクはハジメに抱きこまれる。

「マガツ鬼だ！」

ハジメが声をあげた瞬間、テーブルが下からハネあがって逆さまにひっくり返る。
宙に舞いあがるボードゲーム。音をたてて落ちたサイコロを拾ったのは――、
カメ!? 体長一メートルはある大ガメが、両足で立ち上がってる!
ボクはあっと思い当たって奥歯をかんだ。
さっきハジメに文句をつけた言葉がマガゴトになってたんだ。
マガツ鬼が寄ってきたの、ボクのせいだ……!
「二人とも、御筆をとれ!」
匠のかけ声に、ボクとモモは同時にポケットから筆を引き抜いた。

3 ゲームの世界でマガツ鬼バトル!?

カメはクチバシをぐわっと開けた。そのクチバシの中に、もう黒い札が生まれてる！

ボクは臨戦態勢で身がまえる。

けどカメは、黒札を自分自身の胸にびたんっと貼りつけた！

札に書かれた**遊戯支持人**という文字が、じんわり不吉な赤い光を放ちはじめる。

「な、なに!?」

雪花を走らせようと腕を持ち上げたとたん、ボクの視界はヒネりつぶされるみたいに大きくゆがんだ。

——そして。目をまたたいたボクは、異様な光景にガクゼンとした。

「ここ、匠の部屋じゃない……!?」

ひっくり返ったはずのテーブルもイスもない。目の前は、ただただ広大な空間だ。

紫色のキミョウな空の下、やたらとカラフルな地面。原色のにぎやかな道が、ずうっと向こうまでうねうね続いてる。

そして一キロちかく先の小山のてっぺんには、ポールにはためく旗が見える。

「この景色、人生すごろくのボードに似てるね」

ハジメはそう言いながら、ボクを抱きしめてた腕をゆっくり放していく。

ハッと目を落としたら、はだしの足の下に、「スタート」という大きな文字。

「まさかボクたち、ボードゲームの世界に引きこまれたの!?」

「**『遊戯支持人』**って、中国で**『ゲームマスター』**のことだ」

すぐ後ろで匠の声がした。同時にモモがひゃっと悲鳴をあげる。

「カ、カメッ!?」

モモのとなりで、あのでっかいカメがニンマリしてる!

ボクはとっさに白札を書こうと足を後ろに引くけど——、

「なにコレッ!?」

両足が、まるで根が生えたみたいにカタまって、ぴくりとも動かない。

それは他の三人も同じみたいで、みんな顔を青くする。

カメはギャギャッと笑い、胸に抱えてた巨大サイコロを宙に投げ上げた。


どすんっ！


音をたてて落っこちたサイコロは、「六」の面を上にして止まる。

と、カメはコースをひょいひょい前に進んで、六つ先のマスでふり返る。

「ちょっと待って。これ、何？」

ボクはいつの間にか、手首に覚えのないブレスレットがはまってるのに気づいた。

プラスチックみたいな素材の青いリングだ。ハジメの腕にも同じのがついてる。

「モモとおれのは赤だが……。どういうつもりだ？」

「あのマガツ鬼がゲームマスターなら、このブレスレットって、わたしたちがゲームの『コマ』になったってことじゃないかな。色ごとにペアになってるとか」

ボクたちはそろって、先のコマで楽しげにハズんでる大ガメを見やった。

カメは、早く次を投げろって表情でこっちを見てる。

「こんなの壊しちゃえばいいよ」

ボクがブレスレットをムリヤリ引っぱると、ハジメの手のひらがそれを止めた。

「類くん、やめたほうがいい。おれたちがこの世界で『コマ』になってるなら、ゲームマスターのルールを破ったら何が起こるかわからない。最悪、『退場』になっちゃって、元の世界に帰れなくなるくらいは覚悟したほうがよさそうだ」

「……なら、ハジメ兄の言うとおり、『コマ』としてゲームに参加するとして、だ。問題は、あのカメが先にクリアした場合、負けたおれたちがどうなるかだな」

匠の考えこむ声色に、ボクらはゾッと背すじを冷たくした。

まさか永遠にこの世界の中から出られないとか、死んじゃうとか、そういうコト⁉

「じょうだんじゃないよ。そんなゲームなんてつきあってられない」

ボクは手にしてた白札に、御筆・雪花を押しつける。

亀を、同じ読みの**瓶**に！

雪花の同音異義語の術で、あいつを陶器の入れ物に変身させてやる！

「**ミコトバヅカイの名において、雪花寿ぐ、コトバのチカラ！**」

白札がカメめがけて飛んでいく——かと思いきや、見えないカベに当たったようにハネ返った。

ひらひらと、ボクの足もとに舞い落ちる札。

カメが遠くからギャギャギャッと耳ざわりな笑い方をする。

匠も文鎮を宙に打ちつけてみるけど、文鎮どころか、手のひらだって前に出せない。

「これって、自分のいるマスの外には何もできないってことっ!? これじゃあのカメ、書き換えられないよ！」

「だいじょーぶ。カメと同じマスに追いついたら、札もフツーに使えそうだよ。そこで倒せばいい。それともカメより先にゴールしちゃえば、おれたちの勝ちだ」

見上げたハジメは、いつもどおりの笑顔。

でも目だけは鋭くマガツ鬼を見すえてる。

「よし、みんな！　矢神家夏のゲーム大会、第三ラウンドだ！　気張っていこう！」

ハジメの掛け声に、ボクもモモも匠もグッとこぶしに力を入れる。

そしてマガツ鬼と遠いゴールの旗をにらみすえた。


けど、事態は思ったよりもシビアだった。

ハジメが投げたサイコロの出した目は――「一」！

さっきからボクらのコンビは、こんなのばっかだ。

たまにイイ目が出ても、ひどい指示が書いてあるマスにばっか止まって、火事にあったり竜巻にふっとばされそうになったり、散々な目にあってる。

モモと匠はあとちょっとでカメに追いつきそうだけど、もうゴール目前。

ボクも早く後を追わなきゃ！

焦ってるのに、足はサイコロのとおり一マスぶんだけしか動かない。

「『宇宙人に誘拐されて、スタートにもどる』!?」

ハジメが立ち止まったマスの指示を読み上げて、さすがに顔色を変える。

同時に頭の上へ影がさした。

バッと見上げたら、ちかちか明滅する金色の光。

巨大な円盤型の宇宙船がクレーンをつきだし、ボクにせまってくる!!

「類くん！」

ハジメがボクの前に立ちはだかり、がしっと両腕でクレーンをつかみ止める。

さっきからボクを守り続けてるハジメは、あちこちケガだらけだ。

スリ傷からにじんだ血とアセが混ざって、彼の頰を伝っていく。

「ミコトバヅカイの名において、雪花寿ぐ、コトバのチカラ！」

ボクは急いで書き上げた札を、クレーンに向かって投げつける！

ぼんっ！　と音をたてたケムリのむこうで、クレーンも宇宙船もみるみるカタチを溶かしていって、しまいにフツッと消えた。

「今の、**誘拐**を**融解**に書き換えたんだ」

「うん、いい書き換えだ。溶け消えてくれたおかげで、スタートにもどらずに済んだ」

ハジメは頬をぬぐいながら、ボクの背をぽんとたたく。

次、サイコロをふった匠は、モモと並んで五マス進んで、ウッとうめいた。

「モモ！　『水道管ハレツで、水びたし』だ！」

二人がマス目に立った瞬間、正面からすごいイキオイで水が噴きつけてくる！

あんなの息もろくにできないし、ヘタしたら骨が折れる！

助けたいけど、自分のコマの外に攻撃できないんじゃ、先を行くモモたちを見守ることしかできない。ボクの言葉のせいでこんな危険にさらしちゃったのに……っ。ぎりりと雪花をにぎりこむ。

「札が濡れちゃう！」

モモの悲鳴に、匠が彼女を抱きこみ、自分がカベになって札を書くスペースを作る。

「**ミコトバヅカイの名において、桃花寿ぐ、コトバのチカラ！**」

濡れた髪をふりみだしてモモが放った札は、まっすぐに水柱へつっこんだ！

ぼうんっと白いケムリがあがり、激しい水音が静まる。

「わたし、『**水**』に『**瓜**』って字をたしたの！」

モモの声とともにゴロンと転がり出てきたのは、緑色の大きな丸い物体。

「水」たす「瓜」で水瓜、か！

今度はカメがサイコロをふり、けたたましく笑いながら飛びハネていく。

止まったところは、「逆もどり」のマスだったみたいだ。

悲劇的な音楽が鳴って、カメはくやしげに三マスもどってくる。

よし、モモたちがマガツ鬼に追いつくには、三、四、五……あと五マス！

でもカメのほうだって、あと六マスでゴールだ！

「まずいよ、ハジメ。次のカメの番で上がられちゃうかもしれない」

「今回が勝負だな……。すぐそこに見えてるマスがあるだろ？　あれを狙おう」

ハジメが指さすのは、六つ先の「どんでん返しで一気にゴール！」と書かれたマス。

「おれは逆境に強い男だから、大丈夫だよ」

軽い調子で明るく言うハジメ。イラッとして、ボクは彼をにらんだ。

勇気づけようとしてるんだろうけど、さっきの二回戦だって、ハジメ、ゴールまぎわでゲームオーバーだったじゃん！

もし「六」を出せなかったら、この世界から出られなくなるかもしれないんだよ!?

「ボクがやる！　こっからはボク一人で行くから！」

「サイコロはいいけど、一人でって、何言ってるんだ、類くん」

だって自分の言葉の責任、自分でとらないと！

ボクはサイコロをひったくり、ハジメをそっちのけで足もとに転がした。

サイコロが転がっていくのを見守りながら、どくん、どくん、と心臓が鳴る。

上になった目は、**「五」**……だ！

ど、どうしよう、一つたりない。でも次はモモたちの番だから、希望はまだ……！

ボクは震える足で前に踏みだす。

横に並んだハジメは「五も出たね！　さすが類くん」なんて笑うけど、それどころじゃないよ。

大ピンチなのに、それにハジメだってもうボロボロなのに、これ以上ケガさせたくないんだよ！

ボクは一人で走り出して、五マス先を目ざす。

一歩、二歩、三歩、四歩。

そしたら。五歩目のマスに――**「ゲームオーバー」**のまがまがしい赤い文字。

ゲームオーバーって、まさか『退場』⁉　それともこの世界で死ぬ……ってこと⁉

全身が冷たくわななく。

なのに一度進みだしちゃった足は止まらない。

あとは、スローモーションみたいだった。

「類!!」

さっきのマスで、ハジメが真っ青な顔をして、見えないカベに手をたたきつけてる。ボクが先に行っちゃったから動けないんだ。

「ゲームオーバー」の文字が赤く光りはじめる。

視界のハシで匠がサイコロを投げ、モモが桃花を動かす。

そしてボクは「ゲームオーバー」のマスへ、最後の一歩。ゆっくりとまぶたを閉じる。せめて、このマスを踏むのがボクだけでよかった。

カッと光った赤い光がボクをつつんだ――、

――はず、なのに。

ボクはなぜか、足止めされてたはずのハジメの腕の中

きみも「いみちぇん!」にトライ!

ミコトバ道場

問題 漢字を書きかえて、サイコロをテストに変えよ!

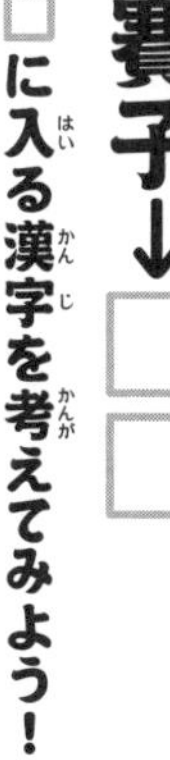

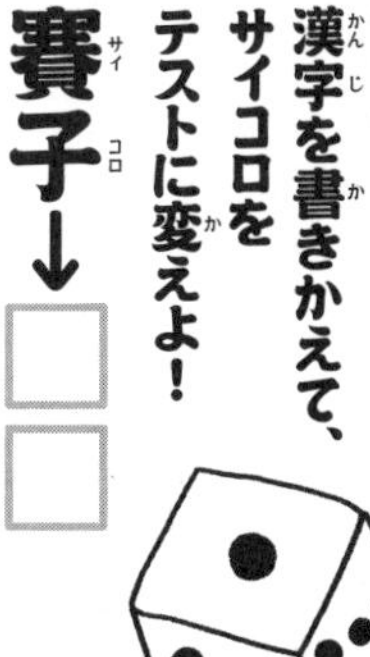

□に入る漢字を考えてみよう!

ボクの術は、「雨」→「飴」みたいに、同じ読み方の漢字をチェンジできるんだ。今回のヒントは、赤点を取ってしまった後「二回目に受けるテスト」だよ。どう? もうわかったよね?

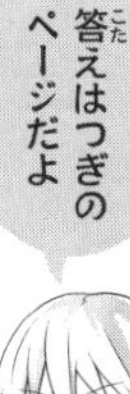

にいて、モモと匠に見下ろされてた。

……ボク、生きてる？

でも、何がなんだか。厳しい顔つきの三人を順ぐりに見回すと、目に涙をためたモモが、「類くんっ」と震える声で言う。

「わたしたち、矢神くんのサイコロでカメのマスまで追いつけたの。それですぐさま札を投げて、『亀』を**阿亀**にしてっ。ホッ、ホントに、間に合ってよかった……っ！」

モモはふるふる身をわななかせながら、説明してくれた。

モモの攻撃のなごりの白いケムリが、ボクの目の前をただよっていく。

ゴールの近くに、お面みたいなのが落ちてる。あれが「**阿亀**」、おたふくのお面か。

「でもボク、その前にゲームオーバーになってたはずなのに」

なんで無事なんだろうってぼんやりまわりを見回して、ハッと息をのんだ。

ボクをつかまえてるハジメの手首。あのブレスレットが、ない――!!

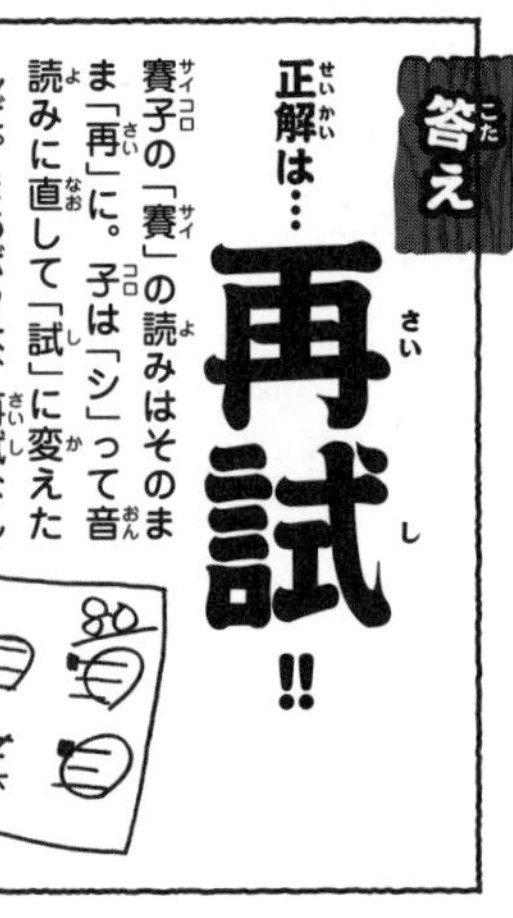

「壊したの!?」

「類くんのマスまで走るには、壊すしかないでしょ。まったく。ほんとに目が離せないよね、類くんって」

やっぱり、ボクたちをゲームのルールにしばりつけてたのは、このブレスレットだったんだ。

だからブレスレットを外しちゃえば、マスの外に自由に出られる。

それでハジメが「ゲームオーバー」のマスから引き離してくれたから、ボク、発動しかけてたマスの指示に巻きこまれずにすんだんだ。

――でも、待ってよ。そしたら今、一番危ないのって……!

「そんなコトしたら、退場になって元の世界に帰れなくなるかもって言ってたの、ハジメでしょ!?」

モモも匠もその場で凍りつく。

ゲームをクリアする前にルールをやぶったのは、ハジメ一人だけ。

「ハジメ、どうなるの!?」

内臓がぜんぶ引きちぎられちゃうくらい、胸が、カラダ中が痛んだ。

ぶるぶる震えるボクを、ハジメはぎゅっと力強く抱きしめてくる。

「マガツ鬼がルール違反の設定をどうしてたか分からないけど。……大丈夫だよ。言っただろ？　おれは逆境に強い男だって」

ボクを放したハジメは、泣きたくなるくらい優しい瞳でボクを見つめた。

「ただしみんなで無事にもどったら、類くんはお説教だな！」

ニッと笑ってみせる彼の顔が、視界ごと、ヨウシャなくゆがむ。

ボクはとっさにハジメの手をつかもうとした。

けど目の前が一気に真っ暗になって――。

4 ずっと一緒にいたいから

ボクはぱちっと目を開けた。

空ぶりした手のひらが、ひんやり冷たいフローリングに触れてる。

ガタッと音をたて、モモと匠がテーブルのむこうから顔を出した。

「ハジメ兄!?」

匠は立ち上がって左右を見回す。

ボクはハジメがいるはずの——何にもない空間を、ただ見つめるしかできない。

うそ、とモモがかすれた声を出す。

全身が氷になったみたいだ。バカみたいに座りこんだまま、ハジメの手をとりそこなった指を、ぎりっとにぎりこむ。

だれも動けないまま、部屋の時計のハリが動く音だけひびいてる。

——すると。いきなりベランダの窓がドンッとゆれた。

ボクたちは肩をハネ上げ、一斉にそっちを見る。

夕方の空を背景に、すらりとした男の人のシルエット。

「いくらルール違反で『退場』ったって、ベランダにしめだすのはヒドいよなぁ」

ぽりぽり頭をかきながら、ハジメが、窓を開けて中に入ってくる！

匠もモモも、気が抜けたようにヘタッとその場に座りこんだ。

ボクなんてぴくりとも動けなくて、こっちに歩いてくる彼をあぜんと見つめる。

ハジメはゆっくりヒザを折って、ボクの前にしゃがみこんだ。

そしてすうっと息をすいこむと、「コラッ!!」と大音声をとどろかせる。

「類！　パートナーを置いて、一人でつっぱしったのはアウトだぞ！　どれだけおれの寿命を縮めれば気がすむんだ！」

言葉を返したいけど、ノドがぎゅうっとなって、とても声になんてならない。

「だいたいね、類くんはいつもオトナぶって冷静なふりしてるけど、けっこうカッとなりやすいし、意外とヌケてるとこあるんだからな!?　この前だって、おれに対抗して激辛カレー注文して涙目になってたし、暑いの苦手なくせに帽子なんて子どもっぽいとか言って、結局具合わるくなってたしっ。そうだ、ハイヒールなんて無理してはいて、道路でひっくり返ったコトもあったな！　ミニスカートなのにだ！　類くんは人目をひいちゃう女の子なんだから、そこらへんの自覚も持ってもらわないとだな、」

ハジメのお説教は、立て板に水で止まらない。

ボクは今にもこぼれそうだった涙が引っこんで、みるみるほっぺたが熱くなっていく。

ボッ、ボクがスカート買ったとか、モモたちの前でバラさなくてもいいじゃないか！

「うっ、うるさい、ハジメ！　そんなことまで関係ないじゃん！」

言い返したあとで、あ、と気づいた。

ハジメ、お役目にぜんぜん関係ないことでも、ボクをちゃんと見てくれてる……？　それって
ハジメにとってのボクは、単なる「お役目のパートナー」じゃないってこと？

お説教を続けるハジメの声が、耳から遠くなる。

なんだこれ。うれしい。うれしい気持ちがおなかのソコからどんどん湧き出てくる。

「類くん、聞いてる!?」

ボクは答えることもできないで、くちびるをぱくぱく開け閉めする。

様子がおかしいボクに、ハジメは十分反省したって思ったみたいで、大きな手のひらがボクの頭にのっかった。

「……ねえ、類くん。おれたちはモモちゃんと匠とちがって、年の離れたコンビだけどさ。でもおれは、二人に負けないくらいのキズナがあるって思ってるよ」

ハジメはほほえむ。とびきり優しい、あったかい笑顔で。

それを心に焼きつけるようにジッと見つめて——、ボクはゆっくりとうなずいた。

「うん。唯一無二じゃないなんて言って、ごめんね。ハジメ」

すなおにあやまると、ハジメの手がまたぐりぐり、ボクの髪をかきまぜていった。

「うああ、どうしよう、ゼッタイ眠れる気がしないよ……っ」

ボクのとなりでマメつぶみたいにちっちゃく縮こまってるモモは、部屋は別とはいえ匠の家で寝るのがはずかしくてしょうがないらしい。

モモ、ハジメが親に電話してくれて、今夜はこっちに泊まることになったんだ。

まあそりゃ、好きな相手の家なんて落ちつかないだろうな。

ボクはぼふっとまくらに頭をおいて、モモの真っ赤な顔をながめた。

「モモって、匠と最近どうなの？」

匠の名前を出すなり、モモはベッドに座ったままギクッと動きを止める。

「………あ、あのね。類くんに相談していい？」

思いのほかシンコクな様子に、ボクも浮かんでた笑いをひっこめた。

「矢神くんにね、お役目が終わったら伝えたいコトがあるって言われたの。でもそれ、聞いちゃったら、きっとわたしが困るコトなんだって」

……ああ。「そういう」話か。ひっこめた笑みが、またもどってくる。

「類くん、なんだと思う？　いっぱい考えたんだけど全然想像つかなくて。わたしが矢神くんになにか迷惑かけちゃったとかかな。矢神くん優しいから、言いづらくてガマンしてるのかも」

……ニブすぎでしょ！　ボクは匠の苦労をしのんで、遠い目になる。

まあ、匠が自分で言うつもりなら、よけいなおせっかい焼くつもりはないけど。

「匠もニブいほうだけど、モモも相当だよね」

「えっ、えっ、なに？　どういう意味？」

困惑するモモに、ボクはちょっと笑った。

「なんでもない。ま、匠のほうは少し進歩したみたいで安心した。けどさ、匠とハジメの兄弟って中身ぜんぜん似てないよね」

ムリヤリ話を変えると、モモは目をぱちくりする。

「そうかなぁ？　二人ともマジメだしシッカリしてるし、似てるとこ多いと思うよ」

「まさか。ハジメってすっごいテキトーだよ。里にいた時なんて、筆工房をしょっちゅう弟子にまかせて、ボクが昼寝してる物見台に来るんだ。あれ、物見台にいるノラ猫と遊びたいだけなんだよね。早くもどりなよって言っても、『せっかくゆっくりできるのに』って。だいたい兄妹かってくらいボクに口やかましいしさ、この前だって、」

と、モモがふふっと笑い声をたてた。

「類くんって、ハジメさん大好きだね」

「は？　ボクが？」

とうとつな言葉に、ボクは心底おどろいた。

「ハジメなんて年離れてるし説教くさいし、パートナーとしては大事だけど、でも、」

モモはやけにうれしそうに、ボクがモゴモゴ言うのを見守ってる。

ふいにさっき、ハジメがゲームの世界に取り残されたかもって思ったときの、あのどうしようもなく苦しくて怖かった気持ちを思い出した。

それに、ハジメのめずらしく本気で怒った顔。

ボクをまっすぐ見てくれてる、怒ってるのに……優しい瞳。

そしたら、急に心臓がばくばくしてきた。

ボク……もしかして好きなの？　ハジメのこと好きなの!?

前からうっすらそんな気してたけど、今思えば、だから無理にオトナっぽくなろうって意地に
なってたんだろうけど、ホントに……!?

いろいろフに落ちたけどショックが大きすぎて、ボクはしばらく呆然とする。

ふいに、バッグの上に置いといた、アメのふくろに目がいった。

ハジメが行きの車の中でくれたやつだ。

腕を伸ばして、手に取ってみる。

「類くんが甘いモノ持ってるの、めずらしいね」

「……うん」

――お役目が終わったあとのことなんてまだ分からない。それにハジメがボクを相手にしてくれるかなんてもっと分からない。


けど。

ふとんの中でアメを口に放りこむボクに、モモは「虫歯になっちゃうよ」ってあわてる。

覚えてなよ、ハジメ。ボクを子どもあつかいしたこと、いつか後悔させてやる。

心の中で未来の宣戦布告だ。

それまではまだもうちょっとだけ、子どもの立場でガマンしててあげる。

ボクの初恋みたいにちっぽけな、ピンク色のアメ玉。

熱に溶けていくアメはいちご味。あまくて――、まぁ、まずまず、おいしくなくもなかった。

このはなさくら
絵／高上優里子
1%
ハロウィン☆パニック！
チーム1%とは？
両思いの可能性1%の恋をがんばる、女の子たちが集まったチームのことだよ。わたし以外の3人は、好きな男子とカレカノになれたんだ！

1%キャラクター紹介
チーム1%!!
安藤奈々
小6のがんばりやさん。
石黒君に片思い中!
片思い
石黒翔太
サッカー部所属。
クラス一のモテ男子。
鵜飼ゆりあ
二次元ラブのゆるふわ女子。
カップル
二村康平
ゆりあが二次元を好きに
なるきっかけをくれた男子。
高野夏芽
しっかり者の学級委員長。
カップル
鵜飼朔
ゆりあの弟。小5。
中垣内るり
友達思いのツンデレラ!
カップル
横井大河
出海小サッカー部所属。

1　カノジョからの招待状

のどかな秋の日の昼下がり。

「はあーあ、つまんねえなあ……」

リビングでボーッとテレビを見ていると。

お母さんが買い物から帰ってきて、おれの目の前に一通の手紙を差しだした。

「はい、どうぞ！」

「……なんだ、コレ？」

封筒の色が真っ黒だ。ガチであやしい。だれかのイタズラか？　と思った。

表に返し、あて名を見る。

そこには『鵜飼朔さま』と、ラメ入りのペンで自分の名前が書かれていて。

その筆跡を見たら、口元がゆるんだ。

「夏芽ねえちゃんからだ！」

お母さんが買ってきたものを冷蔵庫の中にしまいながら、おれに言う。

「帰ってくるときバッタリ会って、あんたに渡すように頼まれたの」

「ええーっ」

サラリと流されたその言葉に、さけばずにはいられなかった。

ソファに丸めていた身をガバッと起こす。

「ほかにはっ？　なんか言ってなかった!?」

「うーん、とくには……あっ、すぐにその手紙を見てほしいって」

「それだけ？」

「夏芽ちゃん忙しそうだったわよ！　ダラダラしてるどっかのだれかさんと大ちがいね、まったく」

じろり、とにらんでくる。

げっ、このままだとマズイ！　非常事態発生だっ。

即時撤退しなければ……！

「さっそく返事を書くぞお！」

「こら、朔！　話は終わってないわよ！」

ダダッと階段を駆けあがり、二階の自分の部屋に逃げこむ。しっかりとドアのカギをかけた。

ふうー、やばかった……。

ドアに背をもたれかけたまま、あらためてじっくり封筒をながめた。

うん、まちがいない。夏芽ねえちゃんの文字だ。

いやっほーい！　手紙をもらったのは、花火大会に次いで二通目だっ！

ムクムクよろこびがこみあげてきた。

夏芽ねえちゃんは、うちのゆりあ姉ちゃんの幼なじみ。ムチャクチャかわいくて、ムチャクチャ頭がよくて、ムチャクチャやさしい。

そして、ひとつ年上のおれの自慢のカノジョだ。

けれど、ただいま私立中学受験のために猛勉強中。だから家が近所とはいえ、なかなか会えないのがつらいんだよなあ。

本当は毎日だって会いに行きたい。

けど、がんばってるカノジョを応援したいから、家に押しかけたいキモチをグッとおさえ、ひたすら耐える日々を送っている。

そんなときだけに、夏芽ねえちゃんから届いたこの手紙は、超うれしい！
へへっ、なんて書いてあるんだろうな。
くすぐったいキモチで、体中がムズムズ。
『最近、会えなくてさびしいな♡』とか、だったりして〜！
くうーっ！　やばい、コーフンしてきたぞッ！
ドキドキしながら手紙を開封する。二つ折りのオレンジ色のカードが中に入っていた。

Happy　Halloween!
ハロウィンパーティーをします。
日時　十月三十一日（日）午後三時から。
場所　るりの家（同封の地図を見てね）
トリック　オア　トリート！
来てくれないと、イタズラしちゃうぞ♡
From　夏芽

「ハロウィン、パーティー？」

やったぞ、夏芽ねえちゃんからのお誘いだ！

ん、ちょっと待てよ。十月三十一日って言ったら……今日じゃないか！　そのうえ三時まで、あと一時間しかない。

のんびりしちゃいられないぞっ。

待っていてくれよ、夏芽ねえちゃん！

世界の果てだろうと、どこへだろうと、必ず駆けつけるからな！

2　ハロウィンだよ、全員集合？

ドオーン！　とそびえたつ高い門と壁は、まるで城壁みたいだった。

大きく立派な門構えの迫力に圧倒されて、ポカーンと自然に口がひらく。

「なんじゃ、こりゃあ……！」

すごい豪邸だ。ホントに、こんなお城みたいなところで、ハロウィンパーティーをやるんだろうか？　舞踏会のまちがいじゃ……。

どうも場違いなところに来てしまったようだぞ、とゴシゴシ目をこする。

もういちど地図を見た方がよさそうだ。

そう思って、夏芽ねえちゃんからもらった手紙を取りだしたとき。

「あっ、その封筒！　ってことは、おまえもハロウィンパーティーによばれて来たのかっ？」

大きな声におどろいて、反射的にふり向く。

そこには、二人の男子が立っていた。

一人は、スポーツをして日焼けをしているのか、やたらに肌が黒く、目がキュッとつりあがっていて、なんだか人相がわるいヤツ。

もう一人は、背が高くほっそりした体形だったが、帽子を深くかぶっているので、高い鼻と口元しか見えない。

そして、注目すべき点は、二人とも黒い封筒を手に持っていることだった。

こいつらもパーティーの参加者なのか？　と、いぶかしんでいたら。

色黒男子がイラッとした調子で、おれに話しかけてきた。

「おい、返事ぐらいしたらどうなんだ？　こっちが聞いてるだろ？」

色黒男子は探るように、おれの顔をじろじろ見てくる。

なんだよ、コイツ。態度がでかいなあ。なまいきだぞ。

返事なんかするもんか！

ムスッとしていると、もう一人の背の高い方が、おれとヤツのあいだに入ってきた。

「いきなり話しかけられたから、おどろいているんだよ」

口元に笑みを浮かべつつ、色黒男子を諭すように言う。

「へ、そうなのか？」

色黒男子の顔が、急にやわらいだ。きょとん、としながら、おれと背高男子を交互に見る。

「そうだよ。僕だって、さっきはビックリしたんだからね」

あれ？　この声、どっかで聞いたことがあるような――？

すると、色黒男子は大口をあけて笑いだした。

「ハハハ！　おれ、声がでかいんだ。わるかったな、チビすけ！」

かあーっ、と頭に血がのぼる。

なんだとお!?　だれがチビすけだあ！

けど、「ふざけんな！」と、コブシをふりあげそうになったのと同時に、ふいに背高男子が帽子をとって、おれの肩に手を置いた。

「こんにちは、朔くん。キミもゆりちゃんに招待されたの？」

帽子の下からあらわれた顔は――。

「あ、うちの姉ちゃんの……！」

ゆりあ姉ちゃんのカレシ、二村康平さんだったのだ。どうりで、聞いたことがある声だと思ったわけだ。

「おれは、夏芽ねえちゃんから、招待状をもらって――」

たずねられてそう答えたものの、どうにも言葉が続かない。姉ちゃんのカレシにみっともないところを見られちまったなあ……。

「おまえら、知り合い？」

色黒男子からの問いかけに、康平さんが「うん」とうなずく。

「僕のカノジョの弟なんだ。彼、鵜飼朔くん」

色黒男子は、にまっと笑った。

「おれは横井大河。出海小の六年、サッカー部だ。よろしくな！」

ヤツはあっけらかんと名乗ったと思ったら、こともあろうに、おれの頭をグシャグシャかき回すように、手をこすりつけてきやがった。

「うあっ、やめろよ！」

すぐさまピョンと飛びのき、ヤツの手から逃れる。

年下だからって、ガキ扱いすんなよっ！

「よかった、さっそく仲よくなれたようだね！」

と、ニコニコ顔の康平さん。

えーつ、どこがッ!?

「こ、康平さん！　この人、だれ？　友だちなんですかッ？」

いくらなんでも、なれなれしいぞ！

おれの心のさけびが届いたのか、康平さんは困ったように笑った。

「うーん、なんて説明したらいいのか……僕らもまだ知り合ったばかりなんだよ。ここに来る途中、横井くんと会ったんだ」

「この黒封筒を持っていたから、招待客だとすぐわかったぜ。パーティー会場は、おれのカノジョの家だしな。だから、おれの方から話しかけたってわけ」

横井大河は、なぜか得意げに封筒をピラピラさせた。

ふうん。コイツが、姉ちゃんの友だち・るりさんのカレシなのか。

姉ちゃんたち三人は、それぞれカレシをハロウィンパーティーに招待したんだな。

夏芽ねえちゃんは、おれを。

ゆりあ姉ちゃんは、康平さんを。

そして、るりさんは、この失礼なヤツを。

横井大河は、おれたちを見まわしたあと、首をかしげた。

「パーティーに招かれたのは、この三人だけか？」

「ううん、四人みたい」

康平さんはそう言って、まぶしそうに手をかざした。

その視線の先に、おれたちと同じように黒封筒を手にした男子がひとり、こちらに向かって歩いてくるのが見えた。こっちに気づいて、道の途中で立ち止まる。

「あれ、横井……？」

「おどろいたなあ。おまえもよばれたんだな、石黒！」

あれは、うちの学校のサッカー王子じゃん！

だれが招待したんだろう。

おれの脳内に、パッとある人の顔が浮かんだ。

ひょっとして、奈々さん――？

3　トリック　オア　トリート！

サッカー王子は、いったいだれに招待されたのか。

その謎は、あっさり解決されてしまった。

自己紹介を終えたあと、サッカー王子みずから、こう言ったからだ。

「中垣内さん、鵜飼さん、高野さんの三人に誘われたんだ」

と、首をかしげながら頭をかく。

おれたち三人は、一瞬きょとん、となってから、

「――――ッ!!」

やっと、その言葉を理解して、あたふたしだした。

「石黒、それマジかっ？」

横井大河がさけぶ。

「あ、ああ。なんだか深刻そうな顔で、かならず来てほしいって――」

サッカー王子がためらいがちに答えると、

「そうなんだ。ゆりちゃんが君を……」

康平さんが、はじめて声に不安をにじませる。

今までのにぎやかさがウソみたいに消えて、しんと静まりかえった。

「なんか、メーワクかけちゃったみたいだね。おれ、やっぱ来ない方がよかったかな？」

サッカー王子もさすがに、おれたちの変わりように気づいたみたいだった。

康平さんがハッと顔をあげる。

「ここまで来て帰るなんてダメだよ。せっかく来たのに」

「そうだぞ、石黒。つまんねえこと言うなよ！　しらけるっつーの」

横井大河までもが、ひきとめようとしている。

……やばいなあ。なんだか気まずい雰囲気になっちゃったぞ。

もちろん、おれだって、サッカー王子が招待された理由がめっちゃ気になる。おれの夏芽ねえちゃんが誘ったっていうんだからさ。カレシとして当然だろ。

でも、姉ちゃんたちのことだ。きっと何かねらいがあるにちがいない。

それに夏芽ねえちゃんはともかく、うちの姉ちゃんは怒らせると、あとが面倒なんだよな。もし計画倒れになったら、きっと、おれのせいにするだろう。

ここはなんとしても、みんなの気が変わる前に、パーティー会場へ連れて行くんだ！

「センパイたち、ここで話していてもしょうがないじゃん！　はやく行きましょう！」

気を取り直し、みんなに声をかける。

ついでにピンポーンとインターフォンを押してやった。

お手伝いさんにすすめられるまま、玄関でスリッパにはきかえた。

玄関と言っても、おれんちと全然ちがう。ホールのように広く天井が高かった。明かりとりの窓からは、さんさんと日差しが入ってくる。

すげえなあ、と目を丸くしていると、「こちらでございます」とお手伝いさんに言われて。

ギーッと開かれた扉の向こうを見て、自分の目を疑った。

「ま、真っ暗だ……！」

光にあふれたこちら側とは、まったくの別世界が広がっていた。

はるか遠くまで続いていると錯覚しそうになるほど、長い長い廊下があったのだけど。

窓がなくて薄暗い。ろうそくのような小さな明かりが、等間隔に並んでいるだけだったのだ。

お化け屋敷のような雰囲気だ。薄気味わるいなあ。

ゴクリ、とツバを飲みこむ。

すると、お手伝いさんがニッコリ笑って言った。

「本日は、ハロウィン仕様となっております！」

思わず顔を見あわせたおれたち。

「なんか、こう、ずいぶん本格的だな……」

さすがの横井大河もひいている。

「おじょうさま方は、この廊下の先の大広間で、みなさんをお待ちになっていらっしゃいます。

ご不便をおかけして申し訳ございませんが、このままお進みくださいませ！」

「は、はあ……」

サッカー王子は、お手伝いさんの説明にうなずくのに、せいいっぱいのようだった。

「わかりました！」

康平さんは、いつも通り。おだやかな笑みで答える。

「ははは、そりゃあいい！」

横井大河は、あたりをはばからずに笑った。

「よく考えたなあー。ハロウィンパーティーの余興ってことか。でも、こんな暗闇どうってことないぜっ」

と、頼もしく先頭に立って歩きだす。

次に進んだのは、意外にもサッカー王子だ。

「オバケがかくれていそうで、楽しそうだよな」

二人そろって暗闇の中へスーッと消えていく。

そうして扉の前にいるのは、おれと康平さんだけになった。

先に進んだ二人を、すぐにでも追いかけていくべきだろう。しかし、おれの頭は、あることに占領されていた。

――お、オバケ……。

サッカー王子の残した言葉が、しっかりインプットされてしまったのだ。

おかげで足が震えて、一歩も動けない。

くうー、なんなんだよ。余計なこと言うんじゃねえよ！

どうしようもなくて、心の中で悪態をついていると。

康平さんが「朔くん」と言って、白い歯を見せた。

「僕らも行こうか。怖いなら、手をにぎってあげるよ」

と、おれに手を差しだしてくる。

げ、冗談だろ！　と思った瞬間、すべての思考がどこかに飛んでった。

「こ、怖くないし！　康平さん、からかわないでよっ」

半ばヤケクソのように、情けないことを言ってしまった。

が、「……あれ？」と途中で気づく。

もう平気だぞ。「怖くない」と言ったら、ホントに怖くなくなったのだ。自然に目が覚めた朝と同じ、スッキリとした感覚だった。

おれは思いきって扉まで歩み寄り、中をのぞいてみた。

だいじょうぶだ。うん、怖くないぞ。

「ゴメン、ゴメン」

康平さんが笑いながら、おれに近づく。

その笑い声は、ハッとするほど明るくて。

姉ちゃんが康平さんを好きになったのは、こういうところ——さりげないやさしさ、なのかもしれないなあと思ったんだ。

「おれたちも行こうぜ！」

康平さんの手をガシッとつかむ。

そのまま「えいやあ！」と別世界へ突入した。


目が暗闇に慣れてきて、さっきより視界が見えるようになった。康平さんは、おれの左隣をゆっくり歩いている。

何も起こりそうにないので、おれはだんだん強気になっていった。

ハロウィン仕様って言ったって、なんにもないじゃん！

ただ暗いだけだ。ビクビクすることなかったぜ。

ところが、そのとき、ドンと肩に何かがぶつかって。

「──なんだ？」

おれは、とっさに脇を見あげた。

はじめは、先に行った横井大河かサッカー王子のどちらかだと思った。

「なんで、こんなところに立ち止まって──」

と言いかけて、はた、と口をとじた。

おれが声をかけたそいつは、思ったより図体がでかかったのだ。

暗がりの中で鈍く光る人型の金属。

甲冑だ──！

西洋のよろいじゃねえか！　と悟った瞬間、いやがらせをするかのように、こちらにぐらっと倒れてきた。

「うわあッ」

両手を突きだし、ハシッと支える。

ぐ、重い……！

両腕に全体重をかけて支えたが、さすがにムリだった。よろいの重さに耐えかねて、徐々に腕が下がってくる。

「康平さあん、たすけてええ」

「朔くん、どうしたの!?」

たまらず助けを求めたおれの呼びかけに、康平さんがすぐ反応してくれたのはいいけど。

「へえ、りっぱな甲冑だなあ。僕はじめて実物を見たよ」

のんきな声にガックシ。

「だーっ！　は、早くしてッ！」

よいしょ、と康平さんと二人で、甲冑をもとの位置になんとか戻す。

パタパタ二人分の足音が聞こえてきた。

「おい、だいじょうぶか!?」

「すごい声がしたけど！」

横井大河とサッカー王子が引き返してきたのだった。

暗がりの中でも二人の視線を感じることができた。おれは足もとに目を落とす。

「なっ、なんでもない！　ちょっとぶつかって、甲冑が倒れそうになっただけだ！」

断じて怖がってなんかいないぞ！

「そうか、そうか！」

横井大河は、ガハハと笑った。

「ここの廊下、高そうな花びんとかが、かざってあるんだ。うっかりぶつかってこわしたら大目玉だ。甲冑でよかったな！」

「ええーっ！　そういうことは先に言ってくれよ！」

べつの意味で怖いよッ。

「おれ、それ聞いて、背筋がぞくっとなった」

「僕も……」

サッカー王子と康平さんも、そろって身ぶるいする。

おれは両目をゴシゴシこすったあと、しっかり目をあけて前方を見た。

ヤツの言ったとおり、廊下の両端に何かが置かれているような気がした。だが、はっきりとはわからない。

「だいじょうぶだって。端っこを歩くからぶつかるんだ。真ん中をちゃんと歩けばいいって！」

横井大河が得意げに、一休さんのとんち話に出てくるようなアドバイスをする。

サッカー王子が「あれ？」と何かに気づいたような声をあげた。

「なんか変な音が聞こえなかった？」

「へ、そうか？」

「何も聞こえなかったよ。気のせいじゃない？」

横井大河とおれは、首をひねる。

しかし、康平さんは異変に気づいていた。

「あっ、向こうに明かりが！」

さっき自分たちが歩いてきた方向に、ゆらゆら左右に揺れる明かりが見えたのだ。

足音だろうか。ヒタヒタ、ヒタヒタ、と気味の悪い音もはっきり聞こえてきて。

でた、でた、でた！

おれの口から、悲鳴があがる。

「ひい、ひいいっ、人魂だあッ!?」

横井大河が、そんなおれの背をたたいた。

「おめー、しっかりしろっ。足音が聞こえてるだろ！」

「だれかが懐中電灯を持って歩いているんだ」

サッカー王子が断言する。

おれたちがあたふたしているうちに、その明かりは少しずつ大きくなって、おれたち四人から二メートルほどはなれた地点で、ピタッと止まった。

ここまで接近しているのだから、だれかが懐中電灯を持っているのだとハッキリわかる。

けれど、相手が何者で、何をしようとしているのかまではわからない。

「だ、だれだ!?」

横井大河が問いかける。

影はもぞもぞと動いて、懐中電灯の明かりを自分自身に向けた。

そいつの顔を見て、おれたちはボーゼンとなった。

その明かりに浮かびあがったのは、包帯をぐるぐる巻いたミイラ男だったのだ!

「う、わあああ————ッ」

みんな、いっせいにさけぶ。
転(ころ)がるように、その場(ば)を逃(に)げ出(だ)した。

4　ハッピー・ハロウィンで大団円

「ハロウィンどっきり！」

「大成功〜♡」

夏芽ねえちゃんと、うちの姉ちゃんが、きゃぴきゃぴはしゃぎながらハイタッチした。

おれたちはといえば、ただボーゼンと、バカみたいに口をあんぐりさせて突っ立っているだけだった。

るりさんがあきれた顔で、おれたち全員をまじまじ見つめる。

「あんなに大声をあげるとは思わなかったわ、だらしないわねえ」

「―――う！」

だれ一人として言いかえせなかった。

ミイラ男の出現にビックリして、何もかもうっちゃって、先を争うようにこの大広間に飛び込んだのを目撃されちまったからだ。

しかし、おれたちもめずらしい光景を目にしていた。

なんとカノジョたち全員、ハロウィンのコスプレをしていたんだ。

夏芽ねえちゃんは、かわいい吸血鬼だった。ニセモノの牙と黒マントを装着している。けっこう本格的で、ぐっとくる。

うちの姉ちゃんは、悪魔。ツノがついたカチューシャをしている。……性格にピッタリ。

そして、るりさんは、天使。頭の上で金色の輪っかがゆれていて、いつもとちがう雰囲気だ。

と言うことは、だ。残るミイラ男は、まさか……!?

サッカー王子は何かを探すように、目をきょろきょろさせた。

「安藤さんは、いないの？」

るりさんは、なぜかうれしそうに笑った。

「ちゃあんと、あそこにいるわよ」

と、部屋のすみっこを指でさす。

見ると、さっきおれたちをおどかしたミイラ男が、ひざを抱えて床にすわりこんでいた。

「なんで、なんで、石黒くんがいるの……？　聞いていないよう……」

Happy Halloween!!

ひとりごとから察するに、サッカー王子が来ることを知らなかったらしい。あきらかに、いじけて落ち込んでいる。

おれには奈々さんが気の毒に思えた。

ミイラ男のコスプレなんて、女子がするもんじゃない。

「友だちにミイラ男させて、ドッキリもやらすなんて、姉ちゃんたち、ひでえぞ！」

おれは至極あたりまえのことを言ったのに。

「なんにも知らない子は、だまってなさい！」

うちの姉ちゃんは、プンプン怒りだした。

「これには深ーいわけがあるのよ！　ねえ、夏芽ちゃん！」

「じつは、そうなの」

夏芽ねえちゃんも、るりさんと同じく、なんだかうれしそうだ。

そのとき、サッカー王子に話しかける、るりさんの声がおれの耳に届いた。

「石黒、ちょっと頼まれてほしいんだけど」

奈々さんをじっと見ていたサッカー王子は、ハッとふり返った。

「頼みって……？」

「奈々の包帯をとってあげてほしいのよ。頭は被り物だけど、腕や足はホンモノの包帯を巻いてるから。はやくとってあげないと、きゅうくつでまいっちゃうわ」

「あ……うん、わかった」

雑用を押しつけられたというのに、サッカー王子は素直にうなずいた。

ここぞとばかりに、夏芽ねえちゃんと、うちの姉ちゃんの二人も、畳みかけるように言う。

「石黒くん、おねがいね！」

「やさしくしてあげないと、イタズラしちゃうんだから♡」

「…………？」

サッカー王子は首をかしげたが、奈々さんのもとへ。

彼女の肩にそっと手を置いて、何やら話しかける。

奈々さんはサッカー王子を一瞬見あげ、また恥ずかしそうにうつむき、コクンとうなずいた。

「いやーん、夏芽ちゃんの作戦どおりよ♡」

うちの姉ちゃんが、体をくねくねさせた。

「うまくいってよかったわ」

「あのまま二人にしておきましょう！」

夏芽ねえちゃんと、るりさんも、ホッと安心したように息をつく。

その三人の会話から、おれにもやっとわかった。

これこそが姉ちゃんたちの真のねらいだったんだ！

奈々さんとサッカー王子をくっつけようと、ハロウィンパーティーの余興として、ドッキリの計画をたてたのか……。

横井大河が、るりさんに小声でたずねる。

「なんだよ、石黒のヤツ。あの子とイイ感じなのか？　教えてくれていたら、おれだって協力したのによ！」

「大河くんにはムリよ。すぐ顔に出るんだもん。絶対ムリ！」

るりさんの憎まれ口を、ヤツはまんざらでもなさそうに聞いていた。見かけによらず、カノジョにはやさしいんだな。

あと、るりさんと話している姿を見てもうひとつわかったのは、ヤツがおれにしてきた数々の失礼な行為は、悪気なんてなくて、ただ思ったことを行動にうつしただけってことだ。

おれもどっちかと言えば、似たようなタイプかも。

今までのこと、許してやるか。

へへっ、と鼻をこする。

「そういえば、康平さんは、あまりおどろいていなかったよね……？」

思い出してそう言うと、康平さんは苦笑いを浮かべた。

「僕は仕掛け人だったんだ。だまっててゴメンね、朔くん」

「へ、仕掛け人……？」

いきなり姉ちゃんが康平さんの腕に、ガバッと抱きついた。

「コウちゃん、ありがとう♡　おかげで作戦は大成功だわ。どうしても、あの廊下を通ってもらわないとドッキリができなかったもの。朔って怖がりだから～」

だから、あのとき！

『怖いなら、手をにぎってあげるよ』って、康平さんは言ったんだ。

「ねっ、姉ちゃんのバカ！」

男のプライドに関わるだろっ。

でも、二人はもはやおれの言葉など聞いていなかった。

「大変だったでしょう？」

「そんなことなかったよ」

二人のまわりには、たくさんのハートが飛んでいる。

かーっ、なんなんだよ。もうー！

ところが、あたりを見ると、ほかのみんなも同じだった。

るりさんと横井大河も。あんなに落ちこんでいた奈々さんさえ、サッカー王子に包帯をはずしてもらって、はにかんでいる。

なんだか怒るのがバカらしくなってきたぞ。

はあー、とため息。

すると、吸血鬼の牙をはずしながら、夏芽ねえちゃんが不安そうに、おれの目をのぞきこんだ。

「朔くんって、怖がりだったの……？」

「え」

しまった、夏芽ねえちゃんにバレた……！

だけど、迷わなかった。大事なカノジョには、おれのすべてをわかってほしいから。

ちゃんと言葉で伝えないと伝わらない思いがある、って知ってるから。

「うん、そうなんだ……」

すぐにうなずく。

けど認めたものの、どう思われるかやっぱり気になった。

「……がっかり、した？」

おそるおそる聞いてみると。

「ううん、ちっとも」

夏芽ねえちゃんの手が伸びて、キュッとおれの手をにぎった。

「がんばって来てくれてありがとう……」

カノジョのくちびるがほころんだ瞬間。

どっくん！

おれの心臓が超ド級の動悸を起こした。

とびっきりのかわいい笑顔だ。

くそ、まいったなあ。かなう気がしないよ。

うれしさで胸がいっぱいになりながら、手をにぎりかえす。

「いいってことよ！」

このあと開かれたハロウィンパーティーがメチャクチャ楽しかったのは言うまでもない。

ソライロ♪プロジェクト
オリジナルアイコン、描いてみた！
一ノ瀬三葉
絵／夏芽もも

キャラクター紹介
冴木奏太
一歌のクラスのイケメン男子。なにを考えてるか、よくわからない。
秋吉一歌
通称「いっちー」。絵を描くことがとりえの女の子。
和泉雪
一歌の親友。サッカーが大好き。
コウスケ
「ソライロ」の歌い手。身長は低め。
AOI
アオイ
音楽創作サークル「ソライロ」の代表。姿を見せない作曲担当。
Rii
「ソライロ」の動画師。コウスケとは幼なじみ。

1　わたしのマーク

アオイ『いっちーさんは、アイコンの設定しないの？』


ある日の夕方。

ベッドでゴロゴロしながら携帯をいじっていたわたしは、そのメッセージを見て思わず飛び起きた。

吹き出しで会話が表示される、メッセージアプリのグループトーク画面。

みんなの個性的なアイコンの中に、味気ないのっぺらぼうがひとつ。

（ほんとだ！　わたしのアイコンだけ初期設定のままになってる！……でも、アイコンって、どう決めたらいいのかな？）

首をひねっていたら、新しいメッセージが届いた。

アオイ『いっちーさんは絵が上手いから、自分でイラストを描いてみたらどうかな？　きっといっちーさんらしい、素敵なアイコンになると思う』

きゅんと、心がはずむ。

（アオイさんがそう言ってくれるなら、何か描いてみたいな！）

うれしさにニヤけながら、わたしは次のメッセージを打ちはじめた。

わたし、「いっちー」こと秋吉一歌は、とにかくフツーな小学六年生。

だけど、たったひとつ、まわりにヒミツにしてることがある。

それは――、

音楽サークル・ソライロの絵師として、動画投稿をしてるってこと！

きっかけは、ほんとに偶然。たまたま見たソライロの音楽動画にすっごく感動して、その曲から思いついて描いたイラストを、投稿主に送ったの。

そしたら、代表のアオイさんに、「専属絵師になってほしい」ってスカウトされたんだ！

いっちー『ちなみに、みんなはどうして今のアイコンにしたの？』

メッセージを送って、少し待つ……と。

ピロリーン♪

お知らせ音とともに、二件のメッセージが追加された。

Ｒｉｉ『私はリボンが好きであつめているので、リボンにしました！』
コウスケ『オレは好きな絵師さんに頼んで描いてもらった！　オレがめざす、理想のイケメン！』

動画師のりーちゃんと、歌い手のコウスケ先輩。
ふたりもソライロのメンバーなんだ。
作曲担当のアオイさんがつくった曲に、歌い手のコウスケ先輩が歌声を入れて。
絵師のわたしが挿絵を描いて、動画師のりーちゃんが編集する。
そうして四人で力を合わせて、やっと一本の動画ができるの。
いろいろと大変なこともあるけど……すっごく、楽しいんだ！

（ふたりのアイコンは、好きなものと、自分がめざす姿、かぁ……）
アイコンは、ひと目で自分を表せるマークみたいなものってことだよね。
それなら、適当なものにはできないよ！

画面を見つめながら、自分のアイコンをイメージしてみる。
わたしが好きなのは、絵を描くこと！
それだけは自信をもって言えるけど……。
「絵を描くのが好き」ってことを表現するには、どんな絵を描けばいいのかな？
描くときに使う、ペンの絵とか？
それとも、絵の具のパレット？
（う〜ん、あんまりピンとこないな……）

いっちー『しばらく、いろいろと考えてみます！』
コウスケ『おう！　めっちゃカッコイイの期待してるぜ〜』
Rii『なにかあったら相談してくださいね！』
アオイ『いっちーさんのアイコン、楽しみにしてるね』

みんなから返ってきたメッセージがうれしくて。
よしっ、と気合いをいれて、ペンを握る。

（ぜったい、納得のいくアイコンを描こう！）

絵を描くことしかとりえのなかったわたしが、仲間と出会って、生まれてはじめて夢中になれることができた。

ソライロは、わたしにとってすごく大切な居場所なんだ。

だからこそ。

「う〜〜〜ん………」

アイコン、悩むなぁ。

2　ちびキャラ、描いてみた

翌朝。

わたしは通学路を歩きながら、ぼんやりと空を見上げていた。

アイコンのイラストをどうしようか、昨日の夜からず～っと考えてるんだけど……。

（………ダメだ～っ、何も浮かばない！）

ワーッと頭をくしゃくしゃしてたら、となりからクスッと笑い声が聞こえた。

「もう、パッと勢いで決めちゃいなよ！　アイコンなんか気分でコロコロ変える人だっているんだしさ」

あきれたように笑っているのは、親友のユキちゃん。

ユキちゃんはわたしがソライロの絵師って知ってるから、アイコンのことを相談してみたんだ。

「でも、適当に決めるのはイヤなんだもん」

「ん～………あ！　じゃあ、自画像は？」

「へ？」

思いがけない提案に、びっくりする。

「自画像って、つまり、自分の顔ってこと!?」

「そうそう。一歌、よくマンガのキャラを二頭身くらいにした、『ちびキャラ』描くじゃん。あ
あいう感じなら描きやすいんじゃない？」

「う～ん、自分のちびキャラかぁ……」

自分の顔をぺたぺた触りながら、考えこむ。

ユキちゃんの言うとおり、ちびキャラを描くのは好きなんだ。

見た目がコロッとしてかわいいし、描いてて楽しいの。

ただ、自分のちびキャラなんて、うまく描けるのかな……？


サッカーの朝練をするというユキちゃんと別れて、わたしはひとりで教室に向かった。

席につくなり、スケッチブックを開く…………けど、まったくペンが動かない！

（自分のちびキャラなんて、はずかしくて描けないよ～～っ！）

机に顔をつっぷしてジタバタしてるうち、ふと、あるアイディアをひらめいた。

（そうだ！　まずは、友だちを描いて練習してみよう！）

さいしょは……ユキちゃん！

人なつっこい笑顔で、髪はポニーテールで……。

（……できたっ！　かわいい～っ！）

ユキちゃんのちびキャラが思いのほか上手く描けて、ぱあっとテンションが上がる。

この調子で、ソライロのみんなも描いてみようかな！

いつもはアプリでやりとりをしてるけど、ソライロに入る前に顔合わせをしたから、みんなの顔は知ってるんだ。

りーちゃんはとにかく可愛くて、ふわふわした女の子。

コウスケ先輩はネコっぽくて、やんちゃな男の子………よしっ、できた！

ん～っ、なんかノッてきた！

やっぱり、絵を描くのって楽しいな！

（よ～し！　次は、アオイさんを……！）

――そう思って、ぴたりと手が止まる。

（そうだ……わたし、アオイさんの顔は知らないんだった……）

胸がせつなくしめつけられる。

アオイさんはソライロの代表で、聴いた瞬間に心を奪われるくらい、すごい曲をつくる人。

だけど……ソライロのだれひとり、アオイさんの顔も名前も知らないんだ。

アオイさんは、自分の個人情報をぜったいに明かさない。

なにか事情があるらしいけど……それを思うたび、胸がキュッとなる。

(アオイさん……いつか、会って話してみたいなぁ………)

「――ねえ、一歌ちゃん！　これってユキじゃない？」

名前を呼ばれて顔を上げると、堀広海ちゃんと戸沢樹里ちゃんが立っていた。

マンガ好きのふたりは、わたしが絵を描いていると、いつも興味しんしんでのぞきにくるの。

(あっ！　でも、この絵は……！)

「すご〜い、そっくり！　やっぱり一歌ちゃんは絵が上手だね！」

「ホントすごいよね！………ん？　でも、こっちのふたりは、だれ？」

ドキッ！

「うちの学校にこんな子いたっけ？　一歌ちゃんの友だち？」

ドキドキドッキ――――ン！

マズイ！　これは大ピンチだよっ！

小学生のわたしが、ネットで知り合った仲間とサークル活動をしてるなんてバレたら、大変！

先生もよく「ネットは危ない面もあるから気をつけるように」って話してるし、親はもちろん、友だちにもソライロのことはヒミツにしてるのに！

ここでコウスケ先輩とりーちゃんのこと、話すわけにはいかないっ……！

「あぁぁ、あの、あのあの、えっと……」

体中からふきだす冷や汗。

あせればあせるほど気が動転して、ひたすらアタフタしていたら、

「あのさ」

広海ちゃんたちの後ろから、男の子の声が聞こえた。

ハッとするほど整った顔立ち――クラスメイトの、冴木くんだ。

「戸沢と堀って、宿題のプリント回収する係じゃなかった？　これ、俺の」

冴木くんがプリントをさしだすと、広海ちゃんたちが顔を赤くしてあわてだす。

彼は、「氷の王子さま」なんてひそかに呼ばれてるくらい、女子から人気があるんだ。

「わ、わぁ、すっかり忘れてた！　ありがとう冴木くん！」

「ま、待ってぇ、ろみちゃん！　樹里も行く〜！」

ばたばたと走っていくふたり。

（ふ〜〜〜、助かったぁ……！）

わたしはおでこの汗をぬぐって、ホッと息をついた。

冴木くんはまだ机の横に立ったまま、スケッチブックに、じっと目を落としてる。

「この絵、あの人たちでしょ？」

小声で話す冴木くん。

「あ、うん！」

わたしも小声で返事をする。

みんなにはヒミツ……って言ったけど、冴木くんは別。

いろいろとあって、冴木くんも、わたしがソライロの絵師ってことを知ってるの。

そして……わたしも、冴木くんのヒミツを、ひとつだけ知ってる。

前は、ナゾの多い冴木くんを苦手に感じてたけど、おたがいのヒミツを守る約束をしてからは、ちょっぴり距離が近づいた気がするんだ。

「あのね。じつは今……」

声をひそめたまま、わたしは冴木くんにアイコンのことを話した。

「自分のちびキャラをうまく描けないから、友だちのちびキャラを描いて練習してたんだ」

冴木くんは、「へぇ」と小さくうなずいた。

その動きで、目にかかる前髪がサラリと流れる。

（わぁ。『絵になる』って、こういうことをいうんだろうな……）

……なんて、ボーッと見とれてたら。

とつぜん。

冴木くんが、スッと小さく右手を挙げた。

「はい。立候補」

え？

意味がわからなくて、目をぱちくり。

「りっこうほ……って？」

首をかしげるわたしに、冴木くんは手を挙げたまま、しれっと笑いかけてきた。

「俺も練習台にしてよ。秋吉のアイコンづくりの」

3　思いがけないアイディア

放課後。

冴木くんとわたしは、裏門の近くにあるウサギ小屋にいた。

「だれかに見られたら変な勘違いされちゃうかも」って言ったら、冴木くんが、人目の少ないこの場所を提案してくれたんだ。

それにしても……急な〝立候補〟には、ホントにびっくりした。

（やっぱり冴木くんって、何を考えてるかよくわからないなぁ）

そんなことを思いながら、ウサギにエサを食べさせてる冴木くんを横からながめて。

だいたい十分くらいで、絵は完成した。

「できたよ、冴木くん」

声をかけると、冴木くんは、わたしがさしだしたスケッチブックを真剣に見つめる。

「これ、もらっていい？」

「あ、うん。もちろん！」

「ありがとう。大切にする」

どきっ
いつもクールな冴木くんの、やわらかな微笑み。

その表情を見たら、心の中がほんのりあたたかくなった。

冴木くんは、なぜかわたしの絵を「好き」って言ってくれるんだ。

自分の大好きなことを好きって言ってもらえるのって、すっごくうれしい！

「秋吉ってさ、なんかウサギっぽいよね」

へっ？

またまた突拍子もない、冴木くんの発言。

なんて返したらいいのかわからなくて、その横顔をまじまじと見つめる。

「あれ？　言われたことない？」

「な、ないよ！　ない……けど………」

（わたしが、ウサギ………？）

――そのときだった。

頭の中に、あるイメージが、ワーッとわき上がってきた。

(これだ……！　これしかないっ！)

「ありがとう冴木くん！　わたし、アイコン描けるかも！」

こうなると、いてもたってもいられない。

わたしはしゃがみこんで、スケッチブックの新しいページに夢中で鉛筆を走らせる。

元気にとびはねるウサギのちびキャラ。

耳には音符の髪飾り。背景は青空で……！

「――あ。ほら、その顔」

頭の上から声がした。

顔を上げると、冴木くんは、イタズラっぽい笑みを浮かべていて……。

「絵を描いてるときの秋吉の目って――エサを見たときのウサギに、そっくり」

「えっ………!?」

や、やっぱり冴木くんって、ナゾだ～っ！

家に帰って、ちびキャラウサギの絵をソライロのみんなに送ったら、すぐに返事がきた。

アオイ『さすがいっちーさん。すごくいいと思う！』
Rii『わぁぁ！　音符の髪飾り、とってもかわいいですっ!!』

みんなの言葉がうれしくて、ついニヤけちゃう。
（よ〜し。このままペン入れをして、仕上げもしちゃお！）
はりきってペンを握ったら、携帯が「ピロリーン♪」と鳴った。
新着メッセージ。コウスケ先輩からだ。

コウスケ『ちょっと待ていっちー！……オレ、すっげーいいこと思いついたぜ！』

4 「お絵かきメイキング動画」をつくろう！

日曜日。

コウスケ先輩の呼びかけで、わたしは春風駅の近くにあるりーちゃんの家をおとずれた。

すごーく立派な一軒家で、りーちゃんの部屋も、すごーく広いの。

「いつ見てもすごいなぁ、りーちゃんのお部屋……」

「だろ？　ま、いっちーも自分の家だと思ってくつろいでくれよな！」

「コウちゃんはくつろぎすぎです！」

ふたりの打ち解けたやりとりがおかしくて、思わず笑っちゃう。

りーちゃんとコウスケ先輩は家が隣同士で、幼なじみなんだ。

ソライロが結成される前から、ふたりで動画投稿をしてたんだって。

「――んで、今日いっちーに来てもらった理由だけど」

コウスケ先輩が真剣な表情に変わる。

あらたまった空気に、ぴんと背筋が伸びる。

「じつはな」

「はい……！」

ドキ、ドキ、ドキ……

はじめてソライロのみんなと会った日みたいに、胸が高鳴っていく。

「『お絵かきメイキング動画』をつくろうと思う！」

コウスケ先輩が、目をきらりとさせる。

「お絵かきメイキング……？」

きょとんとしていたら、りーちゃんが説明してくれた。

「ワク動に投稿されている、動画カテゴリーのひとつです。かんたんにいえば『絵を描く工程を撮影した動画』。『描いてみた』という呼び方でも知られています。ちょっと流してみますね」

りーちゃんが見せてくれたノートパソコンに表示されているのは、動画投稿サイト「ワクワク動画（通称・ワク動）」の、動画再生ページ。

再生がはじまると、白いキャンバス内に、次々と線が引かれはじめた。

これ、イラストソフトで絵を描く様子が、早送りで見られるようになってるんだ！

（わぁ、わたしとはぜんぜんちがう描き方だ……！）

下描きから、ペン入れ、そして色塗り。

同じ「デジタルイラスト」でも、人によってこんなにやり方がちがうんだ！

おもしろくて、ついつい夢中で画面に見入ってたんだけど……。

動画が終わったとき、はたと、重大なことに気がついた。

「まさか、これを、わたしが⁉」

ガバッとふりむいて聞いたら、コウスケ先輩がずいっと身を乗り出してきた。

「オレは有名になってプロの歌手になるのが夢だ！　いっちーの夢はなんだ⁉」

ごくりと息をのむ。

わたしの夢。

それは、つい最近できたばかりなんだけど……。

「ソライロ、めざせ一〇〇万回再生！……です」

一〇〇万回。

途方もない数字に、自分で言っておきながら、くらくらする。

「いいか、いっちー。オレらみたいなできたてのサークルが一〇〇万回再生をめざすには、ただ待ってるだけじゃダメだ。注目される努力をしなきゃ、ライバルには絶対に勝てねー」

　コウスケ先輩の言うとおりだ。

　夢を叶えるためには、怖がらず前へ出なきゃ！……って、頭ではわかってる。

「そこで、お絵かきメイキングだ！　ちょうどアイコン用の下絵もあるし、いいチャンスだろ！　いっちーが人気絵師になれば、ソライロも注目される！　ついでにオレも注目される！　そうなりゃ一〇〇万回再生なんて、あっというまだぜ！」

　息巻くコウスケ先輩を前にして、たらりと、背中を汗が伝う。

（でもでもでもっ！　わたしが人気絵師になるなんて、ぜんぜん自信ないよ～っ！）

　ずっしりとのしかかってくる重圧がこわくて、ぎゅっと目を閉じる。――と、
　ピロリーン♪

　部屋にひびいた音。

　反射的に顔を上げたら、大きなテレビ画面にメッセージが映しだされていた。

アオイ『大丈夫だよ。キミには僕たちがついてる』

アオイさん……。

あたたかい言葉に、胸がじーんとする。

わたしたちの会話は、ウェブカメラをとおしてアオイさんも聞いてるんだ。

顔を見せないアオイさんとのミーティングがスムーズにできるように、りーちゃんの家にあつまったときは、こうやって声と文字とでやりとりをするの。

（わたしが不安なとき、アオイさんはいつも気づいてくれて、やさしい言葉をかけてくれる。たったひとことでも、すごいパワーをくれるんだ……！）

膝の上で、ぎゅっと手をにぎりしめる。

わたしが人気絵師になるなんて、まったく想像つかないし。

一〇〇万回再生の夢だって、大きすぎる夢かもしれない……。

でも。わたしはあのときたしかに、「この四人なら叶えられる」って思ったんだ。

みんなといっしょなら、って！

わたしは覚悟を決めて、前を見た。

「わたし……やってみる！　お絵かきメイキング！」

5　仲間といっしょに！

りーちゃんのパソコンチェアーに座り、画面に向かう。

自分のペンタブ（ペン型のマウス）を持ってきてるし、イラストソフトもわたしが使っているのと同じもの。

家で描くときと、そう環境は変わらない…………はずなのに。

「いっちー、肩に力が入りすぎだぞ。力ぬけ、力！」

「は、はいっ！　だいじょうぶ、です……！」

…………ううん、ウソです。

ぜんっぜん、大丈夫じゃないよおっ！

手がぷるぷる震えて、頭はまっしろ！

描いては消すを繰り返すだけでちっとも先へ進まないまま、時間だけが過ぎていく。

（…………あぁっ！　また、間違えた…………！）

「うわぁ〜〜〜〜〜っ！　も〜〜〜〜うっ！」

自分に腹が立って、ぐわ〜っと髪をかきむしる。

なんで？　いつもどおりやればいいのに、なんでできないの!?

「い、いっちーさん!?　おおお、落ちついてくださいっ!!」

「ご、ごめんな、いっちー！　オレ、プレッシャーかけすぎた！　オレが悪かったあっ！」

取り乱すわたしに、ふたりまでバタバタとあわてだして。

わぁわぁ、ぎゃあぎゃあ、てんやわんやの大騒ぎ！

もう何がなんだか、さっぱりわからなくなった、そのとき。

「ピロリーン♪」と、明るいお知らせ音がひびいた。

それと同時に、三人の動きがぴたりと止まる。

アオイ『Ｒｉｉさんのメールアドレスに一曲送ったから、休憩がてらみんなで聴いてみて』

少し流れた沈黙のあと、りーちゃんがハッとしたようにノートパソコンを操作した。

「えっと……あっ、『メロンソーダ（のんびりＶｅｒ．）』！　これですね！」

りーちゃんの言葉に、ドキンと心臓が高鳴る。
『メロンソーダ』は、わたしがソライロに入るきっかけをくれた、大好きな曲なんだ！
ワクワクしながら、わたしは流れはじめた音に耳をかたむけた。

――ところがその曲は、想像していたものと、まったくちがっていた。
もともとの『メロンソーダ』は、爽やかで疾走感のあるロックナンバー。
でも、いま、部屋のなかにひびいているのは…………？
ぴー、ぷー、ぴー
とっ……てもなじみのある、リコーダーの、音？
のどかな音が部屋のなかをつつみこんで。
じっと聴いてたら、なんか……。
「なんか、気がぬける……」
わたしはイスの背もたれに、どさっと体をあずけた。
目を閉じると、肩や腕に入っていた力が、すーっと気持ちよくぬけていくのがわかる。

アオイ『一〇〇万回再生って夢はすごくいいけど、あまり気負わず、楽しんで動画をつくろうよ。

いっちーさんにかぎらず、コウスケくんも、Riiさんも』

アオイさんからのメッセージに、わたしたち三人は目を合わせて、苦笑いをした。

あれだけパニックになってたのがウソみたいに、今は心が落ちついている。

不思議だな。

『メロンソーダ』をはじめて聴いたときは、思わず走り出したくなるくらいドキドキしたのに。

同じ旋律でも、アレンジがちがうと、こんなにちがった気持ちになるんだ。

……やっぱりすごいな。

アオイさんのつくる、曲の力は。

(あっ…………！)

ふと、頭のなかに、あるイメージが浮かんできた。

やさしくて、頼りになって。わたしたちの中心にいつもいる。

アオイさんって、まるで——。

「わたし、この曲で、ソライロの新作動画をつくりたい！」

わたしは、みんなにそう提案した。

「さっきは、『絵を描く動画なんだからわたしががんばらなきゃ』って思って緊張しちゃったけど……ソライロの動画の〝挿絵〟なら、わたし、心から楽しく描けると思うの！」

気負わず、楽しんで動画をつくる。

そのためには、やっぱり、みんながいなきゃダメなんだ！

「ぜひそうしましょう！　私、腕によりをかけて編集しますのでっ！」

「オレ、今からボーカル録ってくるぜ！　楽しみに待ってろ！」

目をかがやかせて、ぐっと親指を立てるふたり。

アオイ『よし！　ソライロみんなで力を合わせて、いい動画にしよう！』

アオイさんからの返事を合図に、わたしたちは、いっせいに作業にとりかかった。

6　世界にひとつのアイコン

「「「できた～～～～っ！」」」

数時間後、ついにお絵かきメイキング動画が完成！

タイトルは、『【ソライロ】ウサギのちびキャラ【描いてみた】』。

りーちゃんの編集で、録画したときは一時間以上あった動画が、約五分のコンパクトな動画に大変身！

コウスケ先輩が歌うBGMも、アオイさんが短時間でアレンジし直してくれて、さらにのんびり、癒される曲に生まれ変わった。

アオイ『みんなお疲れさま！　特にいっちーさんは描きっぱなしで大変だったよね』

「いえ、楽しかったです！……あ、でも、やっぱりちょっと疲れた……かも」

勢いよく立ち上がったはいいけど、体がずっしり重い。

わたしはそのまま、ふらふらとソファーに倒れこんだ。

同じように疲れた表情のみんなと笑い合ってると、「完成した！」って実感がわいてくる。

じんわり、胸の奥にこみあげる達成感。

けだるい体さえも心地よくて、「んん〜っ！」と思いっきり伸びをする。

「これで、いっちーさんのアイコンも完成ですね！」

パソコンに向かって動画のアップロード作業をしながら、りーちゃんが言った。

そっか、そもそものはじまりは、わたしのアイコンづくりって話からだっけ……。

ハッと思い出して、体を起こす。

「そうだ！　みんなに渡したいものがあるんだ！」

わたしは、かばんからメモサイズの紙を二枚とりだした。

前にスケッチブックに描いたふたりのちびキャラを、切り取って持ってきたんだ。

「これね、アイコンのイメージを考えてるときに、練習で……」

「スゲーッ！　これ、オレだよな！」

「わぁあっ、もらっていいんですか!?　感激ですっ！」

わたしが言い終える前に紙にとびついて、大はしゃぎするふたり。

一瞬、ぽかーんとあっけにとられたけど、その笑顔を見てたら、幸せがこみあげてくる。

よかった、よろこんでもらえて！

「それから、わたし、アオイさんの似顔絵も描いたんです！」

わたしが言うと、コウスケ先輩が首をひねった。

「え？　オレら、アオイさんの顔は知らねーよな？」

「はい。でも……」

わたしはテーブルに置かれたカメラをまっすぐ見つめた。

たしかにアオイさんのことは、顔も、声も知らないけど。

「このウサギの背景にある〝太陽〟……アオイさんがモデルです！」

ウサギの上にかがやく、淡い色合いの太陽。

さっき『メロンソーダ（のんびりＶｅｒ．）』を聴いたとき、そのイメージがはっきりと頭に浮かんだんだ。

「わたしにとってアオイさんは、太陽みたいな存在なんです」

いつも遠くから、やさしく見守ってくれて。

平凡だったわたしの毎日を、きらきら明るく照らしてくれる……。

アオイ『そんなこと言われたのは、はじめてだ。ありがとう、うれしいよ』

（………………あれ？）

ふと、メッセージ画面の違和感に気づく。

アオイさんの…………アイコンが、変わってる⁉

それも、わたしが描いた太陽のイラストに！

「あ、アオイさん……っ！」

あまりのうれしさに、体の芯がカーッと熱くなる。

まるで、心の中に太陽の光がさしこんだみたい！


「――あっ！　コメント、つきました！」

ノートパソコンを触っていたりーちゃんが声をあげた。

コウスケ先輩といっしょにのぞきこむと、投稿したばかりの動画に、『おお～！』とコメントが書きこまれていた。

ほんの短いコメントでも、みんなの喜びは最高潮に！

「祝・初コメントですね！」

「よっしゃ〜！　みんなで乾杯しようぜ！」

「うん！　アオイさんもいっしょに！」

アオイ『ＯＫ！　準備してくる』

ああ、疲れなんか一瞬で吹き飛んじゃう！

仲間と力を合わせてつくった動画を、だれかに楽しんでもらえて。

喜びをみんなでわかちあうこの瞬間！

(これからも、この四人で、たくさん動画をつくっていきたいな！)

はずむような幸せをかみしめながら、わたしは乾杯のグラスに入ったメロンソーダを、一気に飲みほした。

世界一クラブ
濡れ衣を
ぶっとばせ!?
大空なつき
絵／明菜

これまでのお話

おれは**徳川光一**。〈世界一の**天才少年**〉って呼ばれている。小６の始業式、幼なじみで、〈世界一の**柔道少女**〉**すみれ**と登校すると、学校は警察官に囲まれ、**封鎖**されていた!?

刑務所から、**銃**を奪って逃げだした**脱獄犯**が、**先生**を**人質**に学校に立てこもっている!!　大人たちにまかせておけない。先生を助けだすため、仲間をあつめろ！

おれ、すみれ、３人目のメンバーは、〈世界一の**エンターテイナー**〉の**健太**。４人目は、転校してきたばかりの、**美少女**コンテスト世界大会で優勝した**クリス**。でも、**人見知り**!?　５人目は、世界一の**忍び？**　らしいが、忍びと知られてはいけない**和馬**。このメンバーで、だいじょうぶ!?

脱獄犯は4人組。警察官30人を病院送りにした**大男**や、**闇のブローカー**など、銃を得意とする**凶悪犯**。

仲間と力を合わせ、先生の命を救うため、**夜の学校**にしのびこむ！

ところが、さらに大事件が……!?

次のページから、短編を楽しんでね。

世界一クラブ 人物紹介

五井すみれ

小6。世界レベルの運動神経を誇るスポーツ少女。一番得意なのは、世界大会で優勝した柔道。

徳川光一

小学6年生。世界一の天才少年。読んだ本はもう何十万冊。しかし、起きてから3時間たつと、眠っちゃう!?

風早和馬

小6。由緒正しき忍者の家系。忍びの大会で毎年優勝！

日野クリス

小6。小学生美少女コンテストの世界大会で優勝。演技力と、人目を引く才能を持つ。ところが、はずかしがりや！

八木健太

小6。本物にしか聞こえないものまね、コント、一人漫才、落語、手品など、人を楽しませるのが大好き。

1 秘密の世界一クラブ

「光一。これ、よろしく！」

「は？」

徳川光一は、机の上に広げていた教科書をしまいながら、顔を上げた。

顔面に向かって飛んでくるのは——。

リュック!?

とっさに右手で顔をおおいながら、その肩ベルトをすかさずキャッチする。

あっぶな！

こんなことをするやつは、一人しかいない。

文句をつけようとリュックを下ろした向こうで、ショートカットの幼なじみが、ひょいと立ちあがる。その顔は、気持ちいいくらい満面の笑みだ。

「すみれ！　何考えて——」

「ごめんごめん。あたし、もう試合に行くから。応援に来るとき、持ってきて！」

「はあ⁉」

光一の言葉をさえぎって、すみれはスポーツバッグだけをよいしょっと持ちあげる。ぶんぶんと大きく手を振りながら、走りだした。

「クリスと健太も、絶対応援に来てよね。なんたって、世界一クラブの仲間なんだし！　じゃ、またあとで」

六年一組のクラスメイトも、担任の福永先生も、ご機嫌なすみれを呆然と見送るしかない。

すみれは、あっという間に教室の後ろのドアを開け、廊下の向こうへと姿を消した。

どたどたと遠ざかる足音を聞きながら、福永先生が口をぽかんと開けて言った。

「まだ宿題を配り終わってないんだが……それに、世界……なんだ？」

ヤバい。

〈世界一クラブ〉の活動は、秘密にしろって言ったのに。

「先生！　おれが渡しておきますから」

「え？　ああ。いつも悪いな、徳川」

光一が大きな声で申しでると、福永先生は、ハッとわれに返る。首をかしげながらも、みんなにプリントを配りはじめた。

はあ、危なかった……。

光一は、二人分のプリントを受けとりながら、はーっと息を吐いた。

世界一クラブ。

一学期の始業式の日。三ツ谷小学校脱獄犯立てこもり事件のときに、光一が主導して作ったクラブだ。

事件を解決したあとも、なにかあると自然と集まるようになっている。

メンバーは五人。

見た目も性格も、全員バラバラだ。でも、たった一つ大きな共通点がある。

それは——世界一の特技を持った小学生であること。

さっき走って教室を出ていったのは、メンバーの一人。

五井すみれ。

動きやすいショートパンツ姿がトレードマークの、光一の幼なじみだ。

身長は少し小さい——が、あなどると痛い目を見る。

なにしろ、すみれは世界小学生柔道大会で優勝したことがある、〈世界一の柔道少女〉なのだ。

運動神経が抜群だから、柔道以外のスポーツでもよく助っ人に出ている。

今日は、大好きな柔道の試合。土曜授業が終わると、すぐに試合に向かっていったのだった。

「あんなに急いで、だいじょうぶかしら。試合前に、けがをしないといいけど……」

光一の右隣の席でバッグの金具を閉じながら、クリスが小さな声でつぶやく。首をかしげると、大きな栗色の三つ編みが、さらっと肩から落ちた。

こうやっていると、普通の女子に見える。でも、れっきとした世界一クラブのメンバー。

六年生から転校してきた、日野クリス。

小学生美少女コンテストの世界大会で優勝した、〈世界一の美少女〉だ。

父親がイギリス人と日本人のハーフ。クォーターのクリスは背が高くて、スタイルもいい。

コンテストに出るときは、余裕のある態度を見せるけれど、それは人見知りをかくすための演技。本当は、知らない人と話すと硬直してしまうくらい、極度の恥ずかしがりやだ。

人目を引きたくない一心で、普段はピンクの縁眼鏡で顔をかくしている。

あの謎の眼鏡をかけていると、なぜか存在感が薄くなって、目立たなくなるんだよな。

クリスは縁を持ちあげて眼鏡をかけなおすと、きょろきょろとあたりを見回した。

帰りのあいさつが終わって、クラスのみんなはもう帰りはじめている。

「……健太は、どこにいったの？　さっきまで、いた気がするんだけど……」

「おっまたせー！　和馬くん、連れてきっ、わあああ！」

黄色いパーカーを着た健太が、廊下から教室に飛びこんでくる。とたんにずるりと足がすべって、大きくつまずいた。何もないところで。

八木健太。

〈世界一のエンターテイナー少年〉で、一人コントやら手品やら、人が楽しいと思ってくれるものならなんでもやる。特に声まねは神ワザで、目の前でやられても本物と聞き分けができない。

まあ、同時に……世界一ドジな少年でもある気がするけど。

なんとか立ちあがった健太の後ろから、長身の男子が顔をのぞかせる。

隣のクラスの風早和馬。世界一クラブ最後の一人だ。

黒を基調にした上着にシャツ。切れ長の瞳は、小学生と思えないほど鋭い。

渋い表情の和馬に、光一は首をかしげた。

「風早も、試合の観戦に誘われたのか？」

「最初は断ったんだが、オレの修行にも役立つって、五井にしつこく言われてな」

「和馬くんが柔道もマスターしたら鬼に金棒だね！　ますます最強の忍……」

おい、それは……！

がばっ!!

血相を変えた和馬が、健太の大きな口を一瞬でふさぐ。押し殺した声で、言いきかせた。

「口外するなって言っただろう!?」

健太が口走りそうになったとおり、和馬は〈世界一の忍び少年〉。

ただし、この学校でそれを知っているのは、光一たちだけだ。

どうやら正体がバレるのは、忍びにとってかなりマズいことらしい。

それをみんなに教えない代わりに、和馬には助っ人として協力してもらっている。

世界一クラブのこの五人は、三ツ谷小学校立てこもり事件を、大人たちの裏をかいて解決し、かくされていた真実まで解きあかした。

でも、そんなことが知れたら大目玉は間違いない。

だから、世界一クラブの存在は——今のところ秘密だ。

「んぐぐ、んぐっぐんん、んぐんんんっぐん〜〜！」

「和馬。そろそろ健太が倒れるぞ」

「……すまない」

和馬が手を離すと、健太はぜえぜえと言いながら床にへたりこむ。

「ぐるじぐて、じぬがどおもっだよ……もう、だめ……パタリ」

あのわざとらしさは、ウケねらいの演技だな。大げさに床に倒れる健太を気にしながら、クリスが光一にささやいた。

「みんな集まったし、そろそろ出発する？」

「あ。ちょっと待ってくれ」

光一は、左手にはめた腕時計に、ちらりと目を落とす。青色の時計はいつも通りカチカチと狂いなく時を刻んでいた。

そろそろ、時間だ。

ねらいすましたみたいに、だんだんとまぶたが重くなる。

すみれのリュックを床に下ろすと、光一はずるずると机につっぷした。

すぐに、視界が真っ暗になる。

三時間に一度、最低五分は眠らないといけない。

これが、世界一クラブのリーダー（？）、〈世界一の天才少年〉である徳川光一の体質だ。

……なんで、こんなに変わったやつばっかり集まったんだ？

光一は、むっと顔をしかめる。

フェルミ推定で計算したら、とんでもなく低い確率が出そうだな。

このフェルミ推定っていうのは、実際に調査するのが難しいような量を推定するのに使える。

東京都内にあるマンホールの数だって、割りだせるんだ。

有名なＩＴ企業の入社試験でも使われていて……。

だめだ、もう眠い。


「……また、変な事件が……起きなきゃいいけど」

いや、このメンバーで何も起きないって方が無理か。

光一は、三人に聞こえない声で、もそもそと寝言をつぶやいた。

★2 犯人は、すみれ!?

学校の最寄り駅から一回の乗りかえで、光一たちは大会会場にたどりついた。

地下鉄の駅を出ると、同じように会場のホールへ歩く人がちらほら見える。

中には、試合に負けてしまったのか、駅へと向かう人の姿もあった。

ぶつからないようにその人たちをよけながら、和馬が言った。

「今日の大会はどんなものなんだ？　無差別級の試合だとしか、オレは聞いていない」

「えーっと、本当は大人だけの大会らしいんだけど、すみれは去年の成績がすっごくよかったから特別に出られるんだってさ。今日も優勝できるかな？」

すみれの優勝に慣れきっている健太が、のんきな声を上げる。

光一は、教科書がつまったすみれのリュックを持ちなおした。

「どうだろうな。無差別級は体重制限がないから、大柄で体重の重い選手の方が、どうしても有利になる。相手は大人の有力選手ばかりだし、小柄なすみれは圧倒的に不利だ」

「すみれが負けるかもしれないの？　前回の事件では、大男を投げとばしたって聞いたけど……」

「今日は、オリンピックの代表候補もいるって話だしな」

まだすみれの活躍を見ていないクリスに、光一は会場前の階段に足をかけながら答えた。

健太が、斜めうしろで深々とため息をつく。

「負けたすみれに、ストレス発散に投げとばされなきゃいいけどなあ」

「うっ」

そうだ。たしかに、すみれならやりかねない。

根っからの負けず嫌いだからな……。

ゴクリと息をのみながら、光一は会場出入り口のドアを押した。

「さすがに初戦で負けることはないと思うけど、すごい顔つきで走ってきたら逃げるしか……」

「**光一〜〜〜〜!!!**」

エントランスに入った瞬間、柔道着姿の女の子がけたたましく足音を鳴らしながらやってくる。

すみれだ！

もしかして、もう負けたとか!?

一心不乱にこっちへ走ってくる速度は、いつもの三倍だ。

光一はえり元をつかまれないように、前をガードしようとする。瞬間、すみれに預けられたリュックが、ぎしっと腕にかかった。

これじゃあ防げない。慌てて光一は声を上げた。

「すみれ、投げるなって！　荷物がどうなってもいいのか……って」

ん？　どこもつかんでこない？　絶対に投げとばされると思ったのに。

何か変だ。

顔にかかげた腕を下ろして、光一は様子をうかがう。

目の前で立ちどまったすみれは、わずかにうつむいていた。

小さな肩が小刻みに震えている。大きな目には、かすかに涙が――。

もしかして、泣いてる!?

「どっ……どうしたんだよ。何かあったのか？」

「それがっ、大変なの！　このままじゃあたし、次の試合に出られなくなっちゃうかもっ！」

思いつめた顔で、すみれは光一のえり元をつかむと、容赦なく前後に揺すった。

だから、そういうのを止めろって！

「落ちつけ。それだけじゃ、いくら何でもわからない。もう少し具体的に――」

「その、よくわかんないけど、あたしが犯人になっちゃったんだってば！」

犯人!?

「いったい何が――」

「ちょっと。五井さん、逃げないでよ！」

光一を揺さぶっていたすみれの手が、ぴたりと止まる。

制服姿の高校生が、奥から何人か歩いてきていた。一番手前にいる黒帯をしめた柔道着姿の女の人が、険しい目つきでこちらを見ている。体格は、すみれより二回りは大きい。

「逃げるってことは、やっぱりあなたがやったって認めるのね」

「だ、だから、あたしはやってないですってば！　そんなメール、だれかのいたずらで……」

「だれがあなたの名前をかたって、メールを送るっていうのよ」

……いたずらメール？

光一は、すみれをかばうように、その女性との間に入る。ちらりと柔道着のすそを盗みみた。

左すそに『時田』と名前が刺繍されている。

この名前、たしか。

「すみません。おれは、五井の友達なんですけど……時田理絵さん、ですよね。もしよければ、くわしい事情を教えてもらえませんか？」

「あなた、どうしてわたしの名前を知ってるの!?」

「半年前、すみれと練習試合をしていましたよね。たまたま、おれも見ていたんです」

記憶が正しければ、その時はかなりの接戦で——最後はすみれの有効勝ちになったはずだ。

スポーツ特待生の高校に通ってるすごい選手だって聞いた。

負けたことを思いだしたのか、時田さんはばつが悪そうに口ごもる。

「へえ、そう……とにかく、わたしは五井さんに閉じこめられたの。メールで呼びだされてね」

ほら、と時田さんが携帯電話を突きつけてくる。光一は、画面をさっと目で追った。

『時田理絵さん
大事な話があります。今の試合が終わったら、会場裏の倉庫に来てください。
中で待っています。
五井すみれ』

たしかに、すみれの名前は入ってるけど……。

「最初にメールを見たとき、少しおかしいと思ったわ。でも、差出人のアドレスにsumireと入っていたし。大事な話があるって書いてあったから、試合が終わってすぐに、わたしは倉庫へ行ったの。でも、中にはだれもいなくて」

時田さんは、携帯電話を力強くにぎりしめた。

「倉庫から出ようとしたら、ドアが開かなくなっていたの。ドアにつかえの棒をかけられて、閉じこめられたのよ！」

エントランスに、時田さんのどなり声が響いた。それを聞きつけて、選手が控えに使っている廊下から、スタッフのジャケットを着た大人が駆けよってくる。

「落ちついてください、時田さん。五井さんも、こっちに戻って」

「試合まで、あと一時間ありますから。その間にもう少し話を」

「でも、わたしはこのまま試合なんてできません。こういう場合、どうなるんですか!?」

「ええっと……その、もし本当に不正があったのなら、五井さんの不戦敗ということに」

「そんな！　あたし、試合に出られないんですか!?」

思わず叫んだすみれに、時田さんの友達だろうか、後ろから、女子高生が声を荒げた。

「当然でしょ。こんな卑怯なことをする人と、時田さんを試合させられるわけないじゃない」

言葉につまって、すみれが、ぐっと唇をかむ。

「あたしは、そんなこと、そんなこと——」

「……そんなこと、ないです！　すみれは、卑怯な人じゃありません！」

背後から大きな声がして、光一は振りかえる。人と話すのが苦手なクリスが、震えながらも必死に叫んでいた。

「そんな……一方的に、決めつけないでください。す、すみれは、いやがらせなんて……」

「前回の試合は接戦だったんだろ。今回は負けるかもと思って、こんなことしたんじゃないか」

一番後ろにいた男子高校生が鋭くにらむ。クリスは、びくりと体を小さくした。

ああもう、こんなの聞いてられるか。

「待ってください」

光一は、よく通るように低い声を出す。

できるだけ冷静な視線で、時田さんだけをまっすぐ見すえた。

「すみれは、犯人じゃありません。でも、こんな状態ですみれと試合をするのが不安だという、時田さんの気持ちもわかります」

「じゃあ」

「だからおれたちが、二人の試合がある一時間後までに犯人を見つけます。そうすれば、すみれへの訴えを取りさげてくれますよね？」

二人の様子を、すみれもスタッフも、かたずをのんで見守る。

一瞬間を置いたあと、時田さんはむっとしながらもうなずいた。

「……もちろんよ。わたしだって、本当のことが知りたいだけだから」

そう言うなり、時田さんは背を向けると通路へ戻っていく。不安そうな顔のすみれも、スタッフの先導に従って、いっしょに遠ざかっていった。

騒ぎを聞きつけて集まっていた人たちが離れていくと、健太が、ばっと光一に飛びついた。

「だだだ、だいじょうぶ!?　あんなこと言っちゃってさ……」

「さあな。でも、やるしかないだろ」

あんなふうに仲間が疑われて、黙ってられるわけない。

その気持ちは、みんな同じはずだ。

いつの間にか、クリスは、ぎゅっと手を組んで、光一を見つめている。

和馬も、黙ったままこくりとうなずいた。

「タイムリミットは、一時間だ。つったってる時間はない」

濡れ衣を着せられた、すみれのために。

「世界一クラブ、作戦開始だ」

光一は、いつもより一人少ないメンバーの顔を、見まわして言った。

★3 裏返しの動機

スタッフの控え室にほど近い廊下で、時田さんの友達二人は、おしゃべりに花を咲かせていた。

「時田さんも、大変だよね。こんなことに巻きこまれて」

「あの子たちが、犯人を捜すって言ってたけど、見つかると思う？」

「えー、ムリじゃない？　だって、小学生でしょ。でも、あの男の子二人は、小学生のわりに結構カッコよかったよね」

「ああ、あの青い服の子と、背の高い子？」

柱のかげから、その様子を見ていたクリスは、ごくりと息をのんだ。

徳川くんに、「この中では一番知名度もあるし、警戒されにくいだろうから、事情を聞きだしてきてくれ」って言われたけど……。

さっき、ちょっと気まずくなったばかりだし。

初対面の人に自分から話しかけるなんて、本当なら絶対にやりたくないけど。

こ、これもすみれへの疑いを晴らすためだもの。覚悟を決めて……。

三つ編みをほどいて、ピンクの縁眼鏡のつるに手をかける。

ええいっ！

眼鏡を引きぬくと、クリスは口角を上げた。

こつり、と靴音を立てて、前に出る。

「すみません。ちょっといいですか？」

ひとなつっこく、話しやすい雰囲気で。

光一からの指示を自分に言いきかせながら、クリスは二人に笑いかけた。

「はじめまして。わたし、日野クリスといいます。五井すみれの友達なんですけど……」

「あっ！　わたしテレビで見たことある。美少女コンテストで優勝した子だよね!?」

「すごーい！　ねね、いっしょに写真撮ってもいい!?」

……こわい、こわいこわいっ。知らない人と話すのって、どうしてこんなに緊張するのっ。

でも、ここが踏んばりどころよ。わたし！

「もちろん、よろこんで」

クリスが、『人見知りしない気さくな女の子』の笑顔でにっこりすると、二人とも快く隣のイスをすすめてくれる。横に座ったポニーテールの女子高生が、身を乗りだしながら言った。

「わたし、渡辺っていうの。こっちは鈴木さん。わたしたち、みんな同じ学校で、スポーツ特待生のクラスメイトなんだ」

「二人も、柔道の特待生なんですか？」

「ううん。わたしは剣道。鈴木さんはバレー部だよ」

「石橋くんはバスケット部で……あれ？　石橋くんがいない」

お手洗いかな？　と渡辺さんは首をかしげた。

「彼はすごい選手でね、去年は国体にも選ばれたの」

「今年は、時田さんも国体選手に選ばれるんじゃないかって言われてるんだ。先生たちも、すっごく期待してて」

「だからか、最近二人ってちょっと仲いいよね。どちらかっていうと、石橋くんが時田さんのことを好きってかんじだけど」

鈴木さんが、「あ、これはナイショね」と口に指をあてて付けたす。クリスは静かにうなずいた。

「それで、石橋さんと三人で応援に？」

「うん。クラスの代表でね。本当はみんなで応援に来たかったんだけど、部活が忙しい子ばっかりだから。じつは、忘れ物を取りに一度学校に戻って、一試合目は見逃しちゃったんだけど」

「……そうですか」

今日、時田さんの友達で来ているのは、この三人だけなのね。

クリスは、手に持っていたスマホの画面をこっそりのぞきみる。

残り時間は、あと45分——。

＊　＊　＊

和馬は、エントランスを歩く石橋さんから、10メートル以上後ろにつけていた。

三人を見はってくれと光一に言われたものの、石橋さんが途中で席を立った。残りの二人はクリスに任せて、石橋さんを追うことにしたのだ。

まだ試合は続いているから、選手や観客が行ったり来たりしていて、エントランスはせわしない。人の間を縫うように、石橋さんはホールの二階へと足を向けた。

手に持っているのは、携帯電話だけ。

あたりを落ちつきなく見まわしたり、ときおり足を止めたりするから、間を取るのが難しい。

石橋さんが階段を上りきる直前のタイミングで、姿を見られないように後を追う。

二階に上がると、石橋さんはホールの中にある階段を使って、さらに上へ向かっていた。

目的地は、三階の客席だったらしい。

一番高い、角の席までやってくると、上からじっくりと会場全体を見下ろした。

——っ。

目が合いそうになって、和馬はとっさに壁際に身をかくす。

10秒待ってから、顔だけ出して様子をうかがうと、石橋さんは席に腰を下ろしていた。

携帯電話を取りだして、操作を始める。

でも、ここからでは何をしているのか見えない。

後ろに座席がないから、回りこんで盗みみることもできない。

尾行に気づいているわけじゃなさそうだ。それなのに、どうしてそんなに人目を忍ぶ？

……やるか。

和馬は、さっと方向を変えて、今来た道を駆けもどる。エントランスを抜けて会場の外に出ると、出入り口から死角になるように壁を伝った。

人通りはあるが、しょうがない。視線が向いていない隙をねらって――。

トン

壁に向かって、軽く助走をつけて足をつく。一瞬で、二階の高さまで駆けのぼった。

エントランスの屋根に着地した瞬間、話しこんでいた選手の声が下から聞こえてきた。

「……あれ？　今、何かいた？」

「えっ、特に気がつかなかったけど。猫じゃない？」

見られていなくてよかった。こんな簡単な任務で見つかったら、忍びの名がすたる。

和馬は、エントランスの屋根を進み、三階にある観客席の裏側に出る。

壁に背をつけたまま、注意しながら窓越しにホールを覗きこんだ。

石橋さんは、まだ席に座って携帯電話を開いていた。左右に落ちつきなく目を配っているが、さすがにここから見られるとは思いもしないだろう。

石橋さんは、周囲に知り合いがいないことを確認すると、画面をスクロールする。メールの送信ボックスやごみ箱を上から下までチェックした。

何か大事なものが残っていないか、入念に確認するみたいに。

ガラス越しに、和馬はホールの壁にすえつけられている時計をにらんだ。

残り時間は、あと30分——。

＊　＊　＊

会場の出入り口から外に出ると、光一は階段を駆けおりた。

あのメールアドレスは、すみれのものじゃない。

でも、メールアドレスの偽装なんて、やろうと思えばだれでもできる。それだけじゃ、すみれが犯人じゃないと説得する材料にはならない。

「この程度の事件性のない案件だと、サーバー管理者に問い合わせをしても、くわしい情報はもらえないだろうし。運よく回答が来たとしても、一時間以内には無理だよな」

ぶつぶつとひとりごとを言って考えを整理しながら、会場の裏側を抜ける。

駐車場の一角に回ると小さな倉庫は、すぐ目についた。

小走りに近よって、ドアの横にかがみこむ。引き戸の溝を、すっと指でなぞった。

「ここにホウキを差しこんで、開かないようにしたのか」

つかえに使われたホウキは、健太にもとの場所を確認してもらっている。多分、会場の清掃用のものを、犯人が勝手に持ちだしたんだろう。

立ちあがって、引き戸になっているドアを開ける。金属製のドアは、建てつけがあまりよくないのか、ギギーッといやな音を立てた。

倉庫の明かりを点けてから、中に入ってドアを閉める。鍵をかけずに、内側からドアをどんどんと叩いた。

ドォンドォン……

うっ、結構うるさい。

ドアはびくともしないけれど、叩いた音は辺りにわんわんと反響した。

スタッフの人から聞いた話によると、閉じこめられた時田さんは、すぐに携帯電話で友達に連絡をとり、助けてもらったらしい。

でも、これだけ大きな音がすれば、通りすがりの人が気づいてくれたかもしれないな。

「犯人は、どうして時田さんをこんなところに閉じこめたんだ？」

この倉庫は、人を閉じこめるのには向かない。

もっと人が見つけにくいところや、救出しにくい方法だって、ないわけじゃないのに。

犯人のやり方って、全体的にずさんなんだよな……。

本気で時田さんを閉じこめるつもりが、なかったように感じるけど。

「……もしかして！」

光一は倉庫に背を向けると、会場に向かって走りだした。

青色の腕時計に、ちらりと目を落とす。

残り時間は、あと20分——。

＊　＊　＊

「徳川くん！」

ドアを開けてエントランスに入ると、光一を待っていたクリスと和馬がすぐにやってきた。

調査結果を二人から聞くだけで、もう時間は——。

「あと、残り15分ね……」

「犯人と動機は、だいたいしぼりこめた。犯人はやっぱり、あの三人の中の一人だと思う」

「……本当に？」

クリスがつぶらな瞳を見開く。納得がいかないのか、和馬は眉間にしわをよせた。

「たしかにあやしくはあるが、あの人たちに動機があるとは、オレには思えない。三人は時田さんの友達なんだろう。なのに、時田さんが試合に出られないように閉じこめるのか？」

二人に説明する時間がおしい。

光一はせっぱつまった顔で、時計に再び視線を戻した。

「もう少し確実な証拠が必要だ。時田さんを倉庫から助けた時は、三人一緒だったのか？」

「ええ。渡辺さんが時田さんから連絡をもらって、三人で合流してから倉庫に向かったって」

「救出のときに、特に不審な点はなしか……」

これだけじゃ、犯人を見つけたとは言えない。

あと10分ちょっと。

早く証拠を見つけないと。このままだと、すみれが試合に出られなくなる――！

「光一～！」

ぽんと肩をたたかれて、我にかえる。振りむくと、健太がにこっとした笑顔で立っていた。緊張感のない顔は、いつも以上ににやけている。

「健太。ホウキの出所はわかったのか？」

「もちろん！　それがさあ、どこを探せばいいかよくわからなくって、ホウキを持ったまま、うろうろしてたんだ。そしたら、掃除のおばちゃんたちが見つけてくれてさ」

健太は、照れくさそうに頭をかきながら、パーカーのポケットに手をつっこむ。

「最初は、ホウキを盗んだ！　って間違われそうになったんだけど、事情を説明したら、逆にお礼をもらっちゃやって。ほら！」

光一たち三人に見せるように、健太は大量のあめやせんべいを、ざくざくとにぎりだした。

「おばちゃんたち、すごくおもしろくてさあ。ここの話もたくさん聞いちゃったよ。今まで来たすごい選手とか、掃除のおばちゃんたちで語りつがれてる怖い話とか！」

「健太。その、あんまり時間が……」

クリスが眉をくもらせると、健太はあわあわと両手を振った。

「ちゃちゃちゃ、ちゃんと大事な話も聞いてきたから！　おばちゃんたちは昼すぎに仕事に来たらしいんだけど、ホウキが見つからなくて、ずっと困ってたんだってさ」

「掃除のおばさんは、いつからホウキを捜してたんだ？」

「たしか二時間くらい前って言ってたけど」

「二時間前……！」

これで、全部わかったぞ！

光一は、さっと背を向けて一目散に駆けだした。

健太が呼びとめる声を無視して、そのまま廊下を走りぬける。

目指すのは、すみれや時田さんが連れていかれた控え室の廊下だ。

その手前で渡辺さんたちが話しこんでいる。すぐそばに、壁に寄りかかっている石橋さんを見つけて、光一は足を止めた。

「時田さんと、すみれは？」

「奥で、スタッフの人に事情を話してる。同じ話のくりかえしになってるけど……」

石橋さんが、廊下の奥にある部屋をちらりと見る。そこが、スタッフの控え室らしい。

「それで、もうすぐ時間だけど。犯人はわかったのかよ？」

石橋さんが、光一にすごんでみせる。にらむような視線を見かえして、光一は口火を切った。

「とぼけなくてもいいですよ。石橋さんがやったのは、もうわかってますから」

「えっ！」

奥で聞いていた鈴木さんが絶句する。渡辺さんは、慌てて光一に近づいた。

「石橋くんが犯人なわけないじゃない。わたしたちは時田さんの友達だもの。動機がないわ」

「いいえ。それは逆なんです。時田さんの友達だからこそ、動機があるんです」

「どういうこと？」

「この事件の本当のねらいは、時田さんを閉じこめることじゃなかった。すみれに濡れ衣を着せて、時田さんを不戦勝にすることだったんです」

光一は、三人の様子をじっと見つめる。面食らった表情の鈴木さんと渡辺さん。

ただ、石橋さんだけが――廊下の向こうを見ていた。

「犯人が指定した会場裏の倉庫は、実際は人を閉じこめるのに向かない場所なんです。人通りもあるし、ドアは動かそうとすれば大きな音がします。つまり、犯人にはもともと、時田さんをずっと閉じこめておくつもりなんてなかったんです」

しんと静まり返った廊下に、ホールの中で行われている試合の歓声が、わっと響いた。

「それに、応援に来るくらい仲のいいクラスメイトなら、時田さんのメールアドレスも知っていますよね？」

「それはそうだけど。でも、なんで石橋くんになるの？　それなら、わたしたちも同じだし」

渡辺さんと鈴木さんが、困ったように顔を見あわせる。

「二人は、遅れて会場についたんですよね？」

「えっ、うん。忘れ物を取りに帰ったから。一時間くらい前かな」

「ドアのつかえに使われたホウキは、二時間前にはすでに、ここの掃除道具置き場からなくなっていました。だから、二人には実行できないんです」

「そういえば、石橋くんだけあたしたちより先に学校を出たけど――」

鈴木さんがそう言った瞬間、石橋さんの肩がかすかに跳ねあがった。

光一は一歩前に出る。携帯電話を持つ石橋さんへ、手を差しだした。

「メールを削除しても、記録まで完全に消せるわけじゃない。犯人じゃないなら、その携帯電話を貸してもらえませんか？」

ガターン！

気づいた時には、遅かった。

石橋さんは、迷うことなく廊下の向こうへと駆けだしていた。

もしかして、携帯電話の記録を消去するつもりか!?

和馬に追わせて……って、速っ！

あっという間に、石橋さんの姿が角の向こうへ消える。

そういえば、石橋さんはバスケのスポーツ特待生だった。普通に追いかけても、捕まえられないかもしれない。

残り時間はあと5分しかない。急がないと、もう試合が——。

「光一、どうなった？　犯人、わかったの!?」

スタッフの控え室を飛びだしたすみれが、不安そうな顔で走りこんでくる。後ろには、時田さんの姿もあった。

光一は、石橋さんが向かった裏口へと体を向けた。

「犯人はわかったんだけど、証拠を持って逃げられた。今から追いかける」

「あたしにも、できることある？」

「それは……あるけど。でも、すみれは試合の前だろ？」

手伝ってくれるのは助かる。

でも、試合の直前でうまくいかなかったら、すみれの調子が崩れるかもしれない。

少し不確実でも、すみれ抜きでやった方が――。

考えこんだ光一の胸を、回りこんだすみれが、とんと拳で小突いた。

「あたしを信じて、任せてよ」

「えっ!?」

時田さんが、信じられないというように口に手を当てる。

一方のすみれは、この日一番のにんまりした笑みを浮かべた。

★4 犯人を追え！

会場の裏口を目指して、石橋は全力で走っていた。
証拠はこの携帯電話しかない。
外に出て、駐車場で携帯電話を初期化すれば——。
すぐに裏口にたどりつく。けれど、扉の前には人影が立っていた。
小学生にしては長身の、黒い服の男子。鋭い目つきで、何かを探している。
さっきの小学生の一人だ！　どうやって、オレより早く回りこんだんだ!?
とまどいで足を止めた石橋に、和馬は瞬時に反応して声を上げた。
「徳川、いたぞ！」
こっちに来やがる！
石橋は、すぐにユーターンして、一階の会場出入り口にとって返す。
人の波にまぎれて、そっちから……。

「石橋さ〜ん！」

名前を呼ばれてびくりとする。

ちょうどエントランスについたところで、知らない女の子がこっちに手を振りながら走ってきていた。

栗色のロングヘアーを揺らしながら、にっこり親しげに笑うその子は――。

すごい美少女だ。

存在感に思わず目を引かれて、逃げることを忘れる。

エントランスに居あわせた選手や観客も、自然とその子に視線を吸いよせられていた。

みんなの注目を浴びながら、女の子は石橋の前までやってくる。

「よかった。わたし、石橋さんのこと捜してたんです」

「きみはっ、だれだ？　オレはきみのことなんて――」

「もう、ひどいですね！　さっきも会ったじゃないですか」

突然、女の子が、ぐっと石橋の腕をつかむ。

さっきまでのフレンドリーな様子から一変、厳しい声になった。

「すみれにあんなひどいことをするなんて、許せません。大人しく携帯電話を渡してくださいっ」

「――っ!!」

この子も、さっきの小学生の一人か！

眼鏡をしてないからか？　別人かっていうくらい、雰囲気が違いすぎる……！

石橋は、あわててクリスを振りはらう。ばっと踵を返して、二階の階段へ走った。

その後を追うように、廊下の奥から和馬が駆けてくる。クリスはポケットからスマホを取りだすと、マイクにささやいた。

「徳川くん。予定通り、石橋さんはそっちへ向かったわ」

バン！

石橋は、二階にあるトイレのドアを、焦ったように開けた。個室のドアが一つ閉まっているものの、他に人影はない。

「なんなんだ、あいつら！」

息を切らしながら、石橋は洗面台の前に立つ。どくどくと心臓が鳴っていた。

腕時計を見る。試合まで、残りはあと3分だ。

後ろから追ってくる様子はない。これなら、だいじょうぶか……!?

今のうちにと、震える手で携帯電話を操作する。

あとは、この初期化のボタンを選択するだけだ。

よし。

ガタ……

「ん？」

反射的に、トイレの奥を振りむく。

今、個室のドアが音を立てたような？　気のせいか。神経過敏になってるんだな、きっと。

ガタガタ……

「よくも……」

いや、気のせいじゃない。女の声がする。

女の声？　ここは男子トイレだぞ!?　でも、この声は、どう聞いても……。

さっきよりも激しくドアがきしむ。石橋は、携帯電話を持ったまま後ろにあとずさった。

そういえば、試合で来た時に、先輩から聞いた。

ここのトイレには、幽霊が出るって……。

まさか。

「よくも、このあたしに〜〜〜！」

バーン！

勢いよく、個室のドアが開く。石橋は一目散に、出入り口へ向かって走った。

ドアを開けると、さっと明かりが射しこんで目がくらむ。

後光が射すみたいに、仁王立ちするだれかのシルエットが見えた。

「たっ、助け」

「よくも」

「え？」

「よっくもこのあたしに、濡れ衣なんか着せてくれたわね!!」

石橋がトイレから廊下へ足を踏みだした瞬間、すみれはその袖とえり元を瞬時につかむ。

踏みこんできた石橋の足を、さっとはらった。

ふわっ

石橋の体が、宙に浮く。

「必殺！　出足ばらいっ」

「わああぁっ」

走ってきたいきおいのまま、石橋がその場にひっくり返る。すみれは、ビシッと上に向かって人差し指を突きたてた。

「一本！」

「これで、一件落着だな」

光一は、廊下に伸びている石橋を見下ろした。

作戦通りだ。

まず、和馬とクリスで出口をふさいで、石橋を二階に誘いこむ。

そして、石橋が逃げまどう間に、健太とすみれは二階のトイレへ移動。

仕上げに、人目につかないところと思ってやってきた石橋を、健太の幽霊声で驚かせて、すみれが倒す――。

ドアが開いた瞬間に、出てきた相手を投げとばす反射神経と技術はさすがだけど。

すみれ……容赦なさすぎないか？

「なんだか～ちょっと悪いことしたかなあ～……」

幽霊の声まねのまま、健太がトイレからおそるおそる顔を出した。

★5 仲間からのおくりもの？

開始線に足をそろえて、すみれは深々と礼をした。会場の歓声が、ぐっと遠くに消えていく。

顔を上げると、審判をはさんで反対側に、真剣なまなざしの時田さんが見えた。

「はじめ！」

試合開始の合図と同時に、すみれはさっと左足から前へ出る。

体格と力で負けてる分、あたしが先にしかけないと。

すきを見せないように技を狙う。けれど、大柄なのに時田さんの動作はすばやかった。

前より強くなってる。襟や袖を狙って伸びてくる手を、かわすだけでも大変だ。

じりじりと集中力が削られていく。

残り時間を告げる審判の声がして、すみれは、ごくりとつばを飲みこんだ。

もう、残り30秒!?　そろそろ、決めなきゃっ……！

何度目か伸びてきた手を、急いではらいのけた——つもりが、体ががくんとかたむいた。

襟をつかまれて、強い力でぐっと引きよせられる。右足に、時田さんの左足が迫った。

バランスを崩されたら負ける！

「――っ」

考える時間なんてない。でも……。

ピンチはチャンスっ！

近づいたのを利用して、時田さんの襟と袖をつかむ。

技に集中していた時田さんが、はっと驚いた顔をした。

すばやく、引きこむように投げる。時田さんの体が、一瞬だけ宙に浮いた。

「……有効！」

宣言するような審判の声が聞こえた。

う～、ホントは一本がとりたかったのに！

すみれはさっと立ちあがると、また、時田さんと向かいあう。その瞬間、ビーッとブザーが鳴った。ワアアッという歓声を聞きながら、すみれは、ふうっと息を吐きだした。

はあ～。一瞬、ヒヤッとしたよ。

試合終了の礼をして、試合場から出る。呼びとめられて振りむくと、時田さんが立っていた。

「悔しいけど完敗だわ。技が決まったと思って、油断しちゃった」

時田さんが首をすくめる。けれど、そこにとげとげしいものはない。

堂々としていて、かっこいいくらいだ。

さっぱりした表情の時田さんは、正面からすみれに向かって、すっと手を差しだした。

「五井さん。また勝負しましょう。次はもっと強くなって、絶対にわたしが勝つから！」

「よろこんで！　でも、今度もあたしが勝ちます」

これは、めちゃくちゃ練習しないとね。

すみれは笑いながら、時田さんの手をぎゅっとにぎった。


「つまり、石橋さんは時田さんを守ろうと思って、事件を起こしたの？」

会場前のベンチに腰かけたクリスに、光一はうなずいた。

もう、すっかり夕方だ。

あの後、光一たちに捕まった石橋さんが、自分が時田さんを閉じこめたと認めた。

時田さんは、前回の練習試合ですみれに負けたことで、ひどく落ちこんでいたらしい。

相手が小学生だったから、普通の試合で負けるよりもショックが大きかったそうだ。

その練習試合以来、柔道場の裏や放課後の教室で、時田さんがため息をついて悩んでいるようすをよく見かけるようになったと、石橋さんは言った。

きっと、時田さんに好意を持っていた石橋さんだから、気づいたんだろう。

時田さんは国体の選手に選ばれるんじゃないかと、学校でも期待されている。

こんな状態で試合をして、もしも負けてしまえば、時田さんはますます落ちこんで、立ちなおれなくなってしまうかもしれない。

そこで石橋さんは、今回の計画を思いついたということだった。

捕まった石橋さんは、時田さんとすみれに平謝りした。

結局、すみれが許すならと時田さんが訴えを取りさげたことで、事件はなかったことになった。

すべての試合が終わって、表彰式があって——今、光一たちはすみれが出てくるのを待っている。

「石橋さんは、時田さんが負けて傷つかないようにしたかったんだろうな」

「……やり方は間違ってるけど、その気持ちは少しわかるわ」

クリスは、眼鏡をかけなおしながらうつむいた。

「失敗するのって、こわいもの……」

「友達が傷つくところを見るのも、つらいもんね」

健太も、しょんぼりと肩を落とす。

みんな、夕日で伸びた自分の影を、黙ったまま見つめた。

負けたり、失敗したりしたことがない人なんて、だれもいない。

「――でも」

寄りかかっていた壁から身を離して、和馬が言った。

「でも、本当に大事なのは、友達が負けないようにすることじゃない。相手を信じて、どんな結果も一緒に受けとめてやることなんじゃないか？」

「おーい、みんな！」

和馬の言葉にかぶさるように、大声が響く。

私服に着替えたすみれが、もらったばかりのトロフィーを抱えて、走ってきていた。クリスの横に、どさっと座ると、ごくごくと水を一気飲みして息をはく。

「はあーっ、悔しいなあ。せっかく決勝まで行ったのに、負けちゃうなんて」

「決勝の対戦相手は、一番体重の重い階級の、オリンピック代表候補の大学生だったからな。40キロ近くある体重差を利用して押さえこまれたら、さすがにすみれでも勝つのは難しいだろ」

「それはわかってるけど」

すみれが、ほおをふくらませて黙りこむ。

そりゃ、悔しいよな。相手がだれだろうと、負けたんだから。

……おれにはたいしたことはできないけど。

光一は、預かっていたリュックで、とんと軽くすみれを小突いた。

「また応援にくるから。あきらめないで、元気出せよ」

「……うん、ありがと。次は絶対勝つから！」

受けとったリュックを、すみれはぎゅっとにぎる。何かを振りきるように、顔を上げた。

「わたしも、また応援にくるわ」

「ぼくもぼくも！」

「オレも見にくる。柔道も格闘のときには使えそうだ」

みんなの言葉に、すみれは笑顔に戻るといきおいよく立ちあがる。先頭をきって、駅に向かって歩きだした。

「そういえば、自分でいうのもなんだけど、時田さんとの試合はいい接戦だったよね！　さばき合いが続いて、どっちも主導権をとろうと必死で……みんな、ちゃんと見てた？」

「えっ、もちろん……」

「ぼくたちは、ちゃんと見てたけど……」

クリスと健太が、すみれから視線をそらす。一瞬、気まずい沈黙が流れた。

「光一は？」

すみれが、半目で光一をじっとにらんでいた。

ヤバい。事件を解決したところで眠くなって、試合を見てなかったとは言えない。

なんとかごまかさないと。

「……もちろん、おれも見てたって。すごかったな。前より強くなったんじゃないか？」

「ホント!? ま、今日はとっさの判断が冴えてたしね！　練習の成果かも」

すみれが、うんうんと満足そうに笑う。

よし、この調子なら――。

「で、見てたなら、決め技がなんだったか、光一だったら、絶・対・に、覚えてるよね？」

「あー……」

「やっぱり見てなかったんでしょ！」

「しょうがないだろ！　ちょうど寝る時間が来たんだから……」

「問答無用！」

すみれが、シャツのえり元をつかんでくる。

光一が踏んばろうとする前に、すみれがさっと腰を下ろした。

「試合と同じ……浮き技っ！」

光一の体が、すみれの体を飛びこえる。

バシン!!

経験者だからって気やすく投げるな！

あとこれ、負けたストレス発散も入ってるだろ!?

「一本！」

すみれの声が、あたりに響く。

光一は、地面からむっくりと体を起こした。

やっぱり、世界一クラブは変なやつらが集まりすぎてる。

この分じゃ、おれたちの事件続きの毎日は、まだまだ終わりそうにない。

作戦完了

作家紹介

宗田 理（そうだ おさむ）
東京都生まれ、愛知県在住。大人気作『ぼくらの七日間戦争』をはじめとする「ぼくら」シリーズのほか、「2A探偵局」シリーズ、「東京キャッツタウン」シリーズなど、著作多数。

あさばみゆき
横浜市在住。おひつじ座B型。第2回角川つばさ文庫小説賞一般部門【金賞】を受賞し、『いみちぇん！①　今日からひみつの二人組』でつばさ文庫デビュー。妖怪やおばけ、占いのはなしには興味しんしん。図書館と書店が大好き。

このはなさくら
名古屋市在住。おうし座O型。『1％　①絶対かなわない恋』（角川つばさ文庫）で作家デビュー。たちまちつばさ文庫の人気シリーズに。日々増えていく本の保管場所が悩みの種。

一ノ瀬三葉（いちのせ みよ）
埼玉県在住。おうし座O型。第4回角川つばさ文庫小説賞一般部門【大賞】を受賞し、『トツゲキ!?　地獄ちゃんねる　スクープいただいちゃいます！』で作家デビュー。おふとんが大好きで早起きが苦手。

大空なつき（おおぞら）
東京都在住。第5回角川つばさ文庫小説賞一般部門【金賞】を受賞し、『世界一クラブ　最強の小学生、あつまる！』でつばさ文庫デビュー。いちごと生クリームが大好物。

角川つばさ文庫

YUME／絵
イラストレーター。担当作に「ぼくら」シリーズ（角川つばさ文庫）など。

市井あさ／絵
イラストレーター。担当作に「天才作家スズ」「いみちぇん！」シリーズ（角川つばさ文庫）など。

高上優里子／絵
漫画家。担当作に「１％」シリーズ（角川つばさ文庫）など。

夏芽もも／絵
イラストレーター・漫画家。担当作に「ソライロ♪プロジェクト」シリーズ（角川つばさ文庫）など。

明菜／絵
イラストレーター。担当作に「世界一クラブ」シリーズ（角川つばさ文庫）など。

角川つばさ文庫　Aん3-6

おもしろい話、集めました。Ⓓ

作　宗田 理・あさばみゆき・このはなさくら・一ノ瀬三葉・大空なつき
絵　YUME・市井あさ・高上優里子・夏芽もも・明菜

2017年10月15日　初版発行

発行者　郡司 聡
発　行　株式会社KADOKAWA
〒102-8177　東京都千代田区富士見 2-13-3
電話　0570-002-301（ナビダイヤル）
印　刷　大日本印刷株式会社
製　本　大日本印刷株式会社
装　丁　ムシカゴグラフィクス

ISBN978-4-04-631748-3　C8293　N.D.C.913　223p　18cm

読者のみなさまからのお便りをお待ちしています。下のあて先まで送ってね。
いただいたお便りは、編集部から著者へおわたしいたします。

〒102-8078　東京都千代田区富士見 1-8-19　角川つばさ文庫編集部